転換期を読む18

ことばへの凝視

粟津則雄対談集

未來社

目次

装幀——伊勢功治

ことばへの凝視

——粟津則雄対談集

美術と文学

粟津則雄
高橋英夫

芸術の精神

高橋　最近の粟津さんの二冊の本は、どちらもおもしろかったんです。ひとつは、未來社からの『眼とかたち』（一九八八年）ですが、「未来」にずっと連載されてきたもので、一篇一篇が短い美術についての感想集です。あとがきでは、自分の内的な日記のようなものと書かれています。一篇の分量は短いけれども、非常に気を入れている。つまり、自分と個々の美術との触れ合い、結びつきの根本を、圧縮したことばで、ひたと言い切るスタイルで書かれているのが、たいへん魅力的だったわけです。

同時に、新潮社からは新潮選書の一冊で、『日本洋画22人の闘い』（一九八八年）が出ました。岸田劉生から駒井哲郎まで、洋画家や版画家たち、それぞれの内面的な精神の苦闘をとらえたものです。これは、粟津さんの美術評論のオーソドックスなかたちを、そのまま受け継いだものになっていると思います。

栗津さんというと、精神とか、精神の構造ということばが浮かびます。美術家でも詩人でも小説家でも音楽家でも、それら対象に目を向け、耳を傾けているとき、栗津さんは、この芸術家のなかで、どういう精神がはたらいているのかを見届けようとする。それは内面的なことですから、最初は表にはっきりと出てこず、曖昧模糊としてつかまえにくいような、輪郭がはっきりしないようなところがあります。

ということは前提として、芸術というのは精神であるという考えがある。精神とは内面的なもので、そう単純に見えてくるものではない、それをいかに見届けるかが、批評の作業となるという立場だろうと思うんです。

しかしなぜ、まず隠された曖昧なかたちでしかつかまえられないもののなかに、ひたとも ぐり込もうとするのか。それは、個人的な偏りとか趣味ではなく、近代芸術が、極端な内面性を帯び、極端な解体をとげ、困難な場所に追い込まれているという事情がある。そもそも芸術とはそういうもので、亀裂、解体、ずれを不可避的に背負い込んだものだという普遍的な問題があります。

しかし同時にそれは近代芸術の問題なんだと理解しているように思える側面もあります。そこのところから、栗津批評というものが、美術に限らず文学でも音楽でも、その他あらゆる精神現象に関して始まるという印象をもっています。

栗津さんが対象とする諸芸術がそうであるというだけではない。おもしろいのは、そういう目の向け方をして、批評言語を用いて芸術の諸状況や状況の奥の本質に迫っていく粟津さんの作業それ自体が、その対象とする芸術のあり方にだんだん似てくる、重なってくるという感じを受けることが多いんです。

粟津　たいへん親切に言っていただいてありがたいんですが、ぼくという人間は、とにかくいろんなものに、行き当たりばったりに夢中になっちゃうタチなんです、少年のころからね。音楽にしても、絵にしても、文学にしても、とにかく乱読、乱聴、乱視なんです。とにかくなにか興味のあるものにぶつかると、われながら呆気にとられるぐらい、夢中になっちゃうわけね。自分で自分がどうなることやらと思うような気持ちが、ずいぶん幼いころからあった。

　それは、ぼくにとってはたいへん不安なことなんです。いろんな感覚やいろんな印象やいろんな刺激に引っかき回されている。こんなふうにまったくバラバラになっちゃったような自分の混沌とした内面をひとつに結びつけるきっかけを、どこに見つければいいだろうということが、最初は漠然とした一種の不安としてあった。年とともに意識的になるにつれて、ぼく自身がものを考える、いちばん基本の動機になってきたというところがあるでしょうね。

　ぼくは、まだ中学のころからアルチュール・ランボオに夢中になりました。芸術を意識的に知り始めたそのときに、すごい詩を書いたあとで詩をおっぽっちゃった男に会ったわけですよ。それからヴァレリーに夢中になった。あの人も、芸術を、意識の運動のいろんな応用にすぎないという考えを徹底させちゃった男でしょう。だからランボオとヴァレリーの二人に、ごく若いころに自分の意識を決定的に染め上げられたことが、さっき言ったぼく自身の気質みたいなものと、非常に早く結びついたわけですね。

高橋　いまのお話を伺っておもしろかったたし、そこをさらに詳しく聞き出そうと思っていますが、いま名前が出たランボオ、ヴァレリーのいわば日本版が小林秀雄ですね。粟津さんはフランス文学者のなかで、小林秀雄に最も強く影響された一人だとも思えます。

その意味で粟津さんの存在は、同世代のフランス文学者たち、広く外国文学者たちのなかでも特異というか……。同世代のフランス文学者は、大先輩・小林秀雄をもちろん評価はしているけれども、こんなに小林秀雄に寄り添うようなかたちで、ある場合にはそっくりなかたちで自分の批評を展開し、しかも自分を失わないでやってきた人は、ほかにいないような気がする。みんなちょっと避けたり少しはずしたりしているなかで、粟津さんは特異という感じがたいへんしますね。

芸術を読み込んだ少年

高橋　われわれの世代は戦争中の少年で、本もあまりないし、美術、音楽に接する機会もなかった。レコードはうちにあるものを聴くとか、友達同士で借り貸しして聴くことはできたけれども、限定されていたと思うのね。そういう環境面で、非常に豊かというか、同世代の人たちのなかで、芸術作品に関しては恵まれた少年時代を、送ってこられたのではないでしょうか。

栗津　そう言えるでしょうね。これはたいへんプライベートな話だけれども、うちがわりに金持ちだったわけですよ。親父は大地主の次男坊で、おまけに幸か不幸か体をこわして、母親の里のある愛知県の海岸の家で、とにかくのらりくらりと生活を楽しんでいたわけね。その結果、一種の趣味人になりましてね。だからレコードは買い込むわ、絵は買うわ、本もいろいろ買い込むわけです。

少年のころからよく本は買いました。ある月など、父に若いサラリーマンのひと月分のサラリーだよと言われたぐらい。ぼくの本代の請求書がくると、さすがに父親が困った顔をしていた（笑）。

それを許してくれる環境があったということは、ぼくにとっては幸福だったのか、不幸だったのか、もうひとつぼくははっきり言えないけれども……。あなたがいま仕込みとおっしゃったけれども、十分に仕込んでもらえたとは言えることでしょうね。

レコードもずいぶんありました。ただ、これは『日本洋画22人の闘い』でも触れたけれども、とくに音楽の場合は、生の演奏を聴く機会って、われわれにはなかったでしょう。

高橋　レコード、ラジオですね。

栗津　だから聴き込めば聴き込むほど、レコードを介してしか聴けないということが、だんだんと気になってくるわけですよ。ヨーロッパの子どもならば、別にレコードを持っていなくても教会に行けばオルガンが鳴るし、生の音楽の演奏を聴く機会はしょっちゅうあるわけでしょう。われわれにはそれがないんだな。あなたもそうだろうけれども、ぼくもまずベートーヴェンに夢中になっちゃったわけ。ベートーヴェンすなわち音楽、というような時代でしたからね。ところが、ベートーヴェンの聴き方が、非常に観念的になるわけです。ＳＰレコードからきこえてくる貧弱な音に耳をすましながら、その音のなかにずいぶんたくさんのものを読み込むわけですよ。

この読み込んだことが間違いだとは思わない。読み込んだおかげで、ヨーロッパでのんびりとベートーヴェンを聴いているやつには聴けなかったものが、あるいは聴けたかもしれないという気はする。しかし、具体的に自分の耳が感じ取る音の楽しさ、音のもっている豊かな官能性の十分な抵抗なしに、観念が先走るわけね。

これは日本の文学や音楽や絵画が、共通してもっている特質でね、具体的な感覚や印象と、意識や観念の運動とのあいだの乖離が起こるんです。

今度の本にも書いたけれども、少年のころ、自分の小遣いをはたいて、セザンヌやゴーギャンの画集を買い込んで、宝物みたいにしていました。そこでも同じことが起こったけれども、そうして読み込んだ、あるいは眺め込んだセザンヌやゴーギャンは間違ってはいないと思う。ただ、美術館に行けばセザンヌやゴーギャンをごく日常的に楽しめる人間の見方とどこか違うんだな。それがやっぱり気になってくる。そういうことと日本の近代、現代の洋画を見る場合のぼくの見方とのあいだに、なにか通底するものがある。

そういう危機感を非常に濃厚に出している作家や画家や音楽家に関して、ぼくには一種の偏好がありますね。

高橋　それは非常によくわかります。まず、精神の危機というところに目をつけて、それはじつは自分自身の問題でもあるというところから、芸術家の世界に入っていく。

今度の本は『眼とかたち』という題ですが、『精神と眼』とか、『精神と耳』とか、『精神とことば』というタイトルの本が、粟津さんにあってもいいですね。どうしてかと言うと、レコードは実演ではなく、閉ざされた人工的なもので、そのなかからしか音が聴けないということは、観念的で自閉的な芸術経験だったという面はあっただろうと思います。しかし昔のSPならシェラックという落とせば割れる物質です。たしかに物質としてあるものからモーツァルトやベートーヴェンが鳴っていたわけですね。

ですから、レコードや貧弱な複製を通じての芸術経験は、観念化に導く危険があったと同時に、まさにそこにしか自分の芸術経験はないんだと自信をもてば、それでなんら不足はなかったわけです。小林秀雄のモーツァルトでも、そういう環境のなかで仕込まれた。

それがつまり、眼と精神のあらわな対決のかたちですね。眼とは肉体の一部ですけれども、セザンヌなりルドンなりギロギロ見つめる自分の眼は、自分の精神なんだということ。またルドンの花なら花、セザンヌの山なら山は、物かもしれないけれども、これは精神そのものの現われだというふうに、物と精神、眼と精神、耳と精神というものが一致する。

内面劇としての精神のドラマ

高橋　そのように考えれば、観念化に陥りかねない閉ざされた芸術経験が、逆に自分の芸術行為の出発点になる。その原型は、若いころの経験にあったということを言われましたが、まさにそうだと思う。

ただ、粟津さんは自分のことなので、遠慮した面があるかと思いますが、ぼくから見ると、非常に豊かな芸術経験を若いころからしてきた。芸術の楽しみ、喜び、エステティックな側面もたしかにあったと思う。ストレートにはそれを出さないように気をつけている感じがあるけれども、著書のタイトルを見ても、『音楽のたのしみ』とか『詩歌のたのしみ』というように、「たのしみ」というタイトルをつけた本もありますね。

粟津　それは、かなり意識的につけたんです。

高橋　逆説ですか。

粟津　逆説でもないんだけれども。いまあなたは、眼と精神と言ってもいいし、耳と精神と言ってもいいとおっしゃった。そのとおりなんです。ただ、たえず同時にぼくにつきまとってくる一種の危惧がある。それは、ヨーロッパの場合ならば、眼と精神、耳と精神というものが、もっとのびやかに結びついたであろうということですね。

ところがわれわれの場合は、眼と精神、耳と精神というと、さっきベートーヴェンで申し上げたけれども、一種の分裂がつねに起こるわけですよ。耳が実際に楽しんでいるものと、それから耳の経験に関して意識が動く運動のしかたとのあいだに乖離が起こり、分裂が起こる。思いもかけないところから、そういうものが身を起こしてくるところがある。これが、ぼくのもうひとつの主題なんですね。

今度、『日本洋画22人の闘い』を書いたわけですが、あの主題も結局そういうことです。日本に洋画が明治以降、急速に入り込んできて、技法のうえでは非常に見事に結実化する。にもかかわらず油絵具という顔料と、それを扱う画家の手つきとのあいだに、いつも肉離れの不安がひそんでいる。何百年もかかって積み上げてきたヨーロッパの画家の場合とは違うんです。彼らのなかでのその二つの結びつきと比べると、どうしようもないひ弱さがある。もろさがある。そのもろさを、画家が意識すればするほど、その画家の仕事は非常につらいものになってくる。そういうことが見えてくるんです。別に洋画に限らなくても、たとえば高橋君の専門の、明治以後のわが国の文学においても、ちょっとニュアンスは違うけれども、見られることでしょう。こういう危機感と、われながら途方に暮れるほど具体的感覚にのめり込む、ぼくの生来の気質との二つの核が、ぼくの精神のドラマみたいなものを、いつもつくっているような気がするんです。

高橋 ぼくもそれを言いたかった。一方に内面劇への固執があり、他方、いま言ったように、幅の広さというかたちで出てくる素材との格闘、あるいは空間・時間的なものとの格闘、そのなかで自分の置かれた位置への意識の尖鋭化という二重の極がある。その二重の極は、平面的に考えると矛盾だけれども、矛盾を自分のなかの精神の緊張と考えて、その緊張線のうえで、たえず危険な道を歩もうとして、批評をかたちづくっていく。

それは、やはりどこかに書かれていたように、たんに画家だけの問題ではないという問題意識を最後に踏まえている。その例証として、小林秀雄が、中国から文字を輸入した上代日本に触れていたことにも言及されていますね。同じ問題が依然として続いているという問題意識で一貫しているということですね。

小林さんに強い影響を受けた人は、みんな大いに苦しんで、書けなくなってしまうとか、あるいは別の方向にいってしまうということがあったわけですが、そのなかで栗津さんはそれを免れた幸福な存在で、そこに強靭なものがあった。それはなんと言っても仕込みが非常に豊かであったということと、自分の批評を小林秀雄的な自意識の極ともうひとつ別の極を設定して、その緊張関係のうえに置くことができたからだと思うんです。とくに美術評論に関しては、こちらの豊かさの側面がなければいけないわけでしょう。

栗津　普通にはね。

高橋　常識的には、そういうもので美術の楽しみというような本がつくれるんだけれども、常識的なつくり方は栗津さんはしないわけだから、仮に美術の楽しみ、眼の楽しみという本があったとしても、楽しみのなかに埋め込まれた苦闘、苦しみは必ず出てきてしまう。

栗津　おっしゃるとおりなんだな。どうしてオレはもっと気楽に楽しめないんだろうというところがあるね。つまり、さっき言ったような意識の運動のせいもあるんだけれども、もうひとつある。小説めいた文章のなかにも書いたんですが、つまりぼくは、危なくならないと楽しんだ気がしないんですよ。

少年のころに海岸の町で暮らしていましたが、そのときのぼくの遊びは、汽車が走ってくると線路に耳をつけて、汽車が近づくのをどこまで我慢できるかということだったんです。仲間はまだかなり遠いのに飛びのいちゃうんだけど、ぼくはぎりぎりまで待っていた。それをやらないと、経験した気がしないのね。ついにはふつうの線路では我慢できなくなって、鉄橋の橋桁を登っていって、線路の下から首を出したんです。ぼくの真上を、油臭い機関車がダーッと走っていくわけです。気が遠くなりかかったけれども、やっと経験したという気がするのね。

そういう気質があるものだから、意識の運動とは別に、感覚が感覚を超えないと、感覚が自然にのびやかに生きているという場がどこかで壊れないと、その感覚をほんとうにつかんだという気がしないところがある。

それがあるものだから、たとえばある絵なら絵を眺めて、絵から受ける感覚が入り込んできて、それがぼくの意識とのびやかに結びつき、その楽しみがおのずから文章になるという幸福がなかなか味わえない。楽しんでいることは楽しんでいるんですよ。だけど、それが意識と結びついた場合に、幸福な、のびやかな合体というのがなかなかない。あってもすぐ壊しちゃうんだな。

だから、「たのしみ」なんていう題をわざわざつけるわけですよ、本に。

高橋　壊しても壊しても、ものは無限にあるわけですからね。

粟津　無限にあるし、無限に楽しさがぼくのほうに迫ってくるわけです。楽しいのを楽しくないと思うわけはちっともなくて、楽しいんですよ。

京都の伝統の力

高橋　京都の旧制三高から東大の仏文科に来たことも、なにか精神の問題があったのか、それとは別の理由だったのか。それもちょっとおもしろい。

粟津　ひとつには、京都という街がやりきれなくなったわけです。京都というところには、やはり文明があるんだな。

たとえば、ぼくがよく会っていた老舗の呉服屋の隠居さんのところに行くと、違い棚に茶碗がなにげなく置いてある。いい茶碗なので、いいですねと言うと、ああ、角の店で買うてきましてん、なかなかよろしいやろとか言うわけ。非常にいい夏茶碗なんだけれど、それをごく日常的に使いこなしている。

そういう連中にとっては菊五郎だろうと団十郎だろうと芸術家でも何でもない。河原乞食なんだね。要するに、自分たちの美的生活を支える道具にすぎない。

京都の人間たちの生活観は、戦後の東京に見られるような散文的で底の浅いものじゃなくて、それこそ底なし沼みたいでね、冷たいものがいっぱい奥のほうにある。何が起こっても表面だけの騒ぎで、あとには伝来の文明意識が頑としてある。

これはやっぱりたまんないよ、そのなかにいると。たとえば昭和三十年ごろ京都に行って、たまたま光悦寺に行った。雪が前の日に降って、朝パーッと日が照ると、積もった雪が朝日に照らされてぽとぽと溶けて落ちてくる。しんとして人もいないんです。すぐ目の前に衣笠山があって、山の線を目で追っていたら、これはだめだと思った。線の動きが光悦の字と同じかたちをしているんだね。この魅力にやられるとオレはおしまいだと思って、逃げ帰ったことがある。

そして四条河原町かなにかの画廊にたまたま入ったら、京都の前衛派の絵かきの展覧会をやっていた。見ると、その絵もみんな息せき切っているし、重いんだよ、あの伝統の力がね。光悦寺のさっきの印象が示すような分厚い伝統が生きている。それに支えられた生活感の重なりみたいなものがある。

そこで生きていると、暮らしていると、どうも息苦しいわけね。自由に動けないわけ。それが感覚の反応としてはあったね。それから逃げ出したかった。

東大に行ったのは、京都大学には、当時はとくにフランス象徴主義の先生がいなかったこともあります。ぼくはランボオを読もうと思っていたし、フランス象徴詩を読もうと思っていましたからね。

小林秀雄の魔力

高橋　画家などと徹底的に付き合う場合に、徹底的に付き合われた画家たちのほうが参ってしまうというようなことはありませんでしたか。

粟津　相手が参ったかどうか、わかりませんな（笑）。

高橋　かなりあったんじゃないでしょうか。

粟津　あったかもしれないね。ある絵かきさんに、オレは褒めているときがいちばん恐いんだぞと言うと、しゅんとした顔をしていたことがあるけれども（笑）。悪口を言っているあいだはいいほうなんだと。

高橋　たんに関係が壊れてしまうというのではなくて、そうとう激しいやりとりを、若いころの粟津さんは、たとえば駒井哲郎さんとか安東次男さんなどとやってきた……。

粟津　ぼくの昔のあだ名は、泣かせの粟津と言われたぐらいでね。要するに仲間だろうが何だろうが、相手と自分の区別がつかなくなるぐらい、自分自身をやっつけるのと同じ口調で相手をやっつけてしまいますからね。やっぱり、相手はたまんないだろうね。

高橋　やっぱり小林先生の二代目というところだね。

粟津　小林さんという人は、いまあなたは「先生」とおっしゃったけれども、日本の文芸評論家のなかでは、ぼくはほんとうに影響を受けた人ですね。書いたものはもちろんだけれども、鎌倉のお宅にも何度か伺ったことがあるんですが、あの人は人間的に非常に魅力があるんだね。たいへんな人間的魔力があるんですよ。人間的魔力と文章の力が両方からみ合っている。これがたまんないと思った。これにのんびり手を委ねていると危ないと思った。

それで小林さんのところにうかがった。なんだいとおっしゃるから、きょうは小林さんを批評しに来たと言ったんです。言ってみなと言うから、一時間ぐらい罵倒したんです。いかに小林さんの批評はだめであるかと（笑）。小林さんはずっと黙って聞いているんですよ。終わったら、それだけかと言うから、はいと言ったら、お前の言うとおりだよと言うんで、困った（笑）。いちばん困ったね。ちょっとやられたと思ったな。

それから、近づかなくなったんです。もちろん会などでお会いすれば挨拶はしたけれども、お宅に伺うことなどはいっさいやめました。いろんな文学者や批評家たちが、小林秀雄となんとか違うものをしようと思ったときの反応と、やっぱりどこか通じるんでしょうけれどもね。

美術と文学の意識の運動

高橋　最後に粟津さんに、美術と文学の関係について、ひとことなにか言っていただけますか。

粟津　美術と文学ねえ。

高橋　だれかが言っていますが、小林さんは、音楽について話しているときがいちばん幸福そうだったという話ですね。文学のことになると、どうしてもきつい、苦しい面が出てくる。美術についても、栗津さんではないけれども、苦闘というところが、『近代絵画』にしてもありましたね。

栗津　ぼくもそう言われる。音楽に関しての文章がいちばんのびやかで、その次が美術論で、いちばん読みづらくてきついのは文学論だと言われるね。

高橋　そのなかで、栗津さんの美術評論は、より文学のほうに近づいているということは言えるね。

やっぱり文学者なんだけれども、栗津批評のなかに占める眼の機能、あるいは美術というものの占める意味は、特徴があるのかもしれない。そこらは、ぼくには外から伺い知れないという気がする。

レコードも画集も文学作品も、ふんだんに接することができたなかで、美術だけが特別な地位を占めたということではなかったでしょうが、しいて美術が自分のなかに占める特異性を取り出して言えたとすれば、それは何でしょうか。

栗津　ほかと比べて、とくに特異な位置というものじゃないんだな。また別のものだというだけの話でね。ただ、『眼とかたち』でも、冒頭に美術と文学とのかかわりみたいなものを書いているわけだけど、さっきからぼくがしゃべっているようなこと、つまり、美術を純粋に楽しめるということではすまない意識の運動がぼくにはある。そういうものが、やっぱり文学というかたちで、ぼくの問題意識になったんじゃないかと思います。

だから、今度の本のなかにも書いたけれども、ドストエフスキーとハンス・ホルバインとか、トマス・マンと十四世紀の木彫のピエタだとか、あるいはプルーストとフェルメールだとか、ユイスマンスとグリューネヴァルトとか、それぞれの大文学者たちのことばの運動と、彼らが小説のなかでとりあげている美術作品との関係に注意をひかれました。そこでは、美術がたんなる小道具じゃないんだね。

なかに置かれることによって、美術というものと文学というものが、それぞれ元来置かれていた場所から一歩踏み出して、違うかかわりを結ぶわけですよ。その違うかかわりの結び方が、ぼくはとてもおもしろかった。だからそれを書いたんです。

逆に美術のなかでの文学ということでは、近代以降にはないんだな。昔は、たとえばレンブラントにしても母親が本を読んでいるところなどを描いているけれども、そういうときの本はほとんど聖書ですからね。

レンブラントのなかでの聖書のイメージはたいへん重要で、画面を収斂するような役割をもっているけれども、近代では、描いてあるものが聖書であるとか何であるとかというようなことは問題にはならなくなっちゃった。本だろうが何だろうが、ひとつの造形的素材になっちゃったわけでしょう。

そのなかで唯一の例外がヴァン・ゴッホだよ。この人はいっぱい本を描いています。おまけにちゃんと題も描いているからわかるんだな。ゴンクールだとかゾラだとかね。だから、題まで描くということは、ゴッホがフランスの小説を読み込んで作りあげた彼自身の精神の運動と造形の世界を対決させようというモチーフがあったと思う。

　そういうことが近代や現代の絵画にはほんとうにないですね。そういうかたちで、観念と造形的意識とのあいだの関係を表現しようとした絵かきはいないんじゃないかな。これは不思議なんだけどね。

高橋　かつては文学が美術のなかの大きな素材だった。ところがいまやさまざまな文学作品のある一場面や状況、たとえば戦闘の場面とか殺人の場面とかが、美術の素材であると言えるような時代は過ぎた。

　あらゆるものが意味を剝奪された素材というところまでいきかねない時代の、美術と文学のかかわりについて、粟津さんの美術論は、美術を文学に引き寄せ、文学を美術に引き寄せる苦闘をしている。言い換えると、眼と精神のかかわりの場をつくるということですが、そういうかたちで、美術と文学の関係の構築を目指しつつあると思う。

　この現代美術の状況は、もちろん歴史の流れのなかにあるものではあるけれども、長い美術の全歴史のなかでは非常に例外的なものなのか、それともそうではないのかというところまでは、ぼくはわからない。しかし、たぶんそういう問題も背後に意識しながら、これからの粟津さんは美術批評を書いていくだろうと思うわけです。

小林秀雄に学ぶ——考えることに全力を尽くした人生の達人の横顔

粟津則雄
秋山 駿

小林秀雄との出会い

秋山 粟津さんは小林秀雄には何度も会っているようで、僕からすると、うらやましいかぎりです。僕は一度も会っていないんですが、小林さんがまだ元気なときに、ある文芸雑誌から小林さんと対談しないかと言ってきたことがあってね。企画の内容を聞いて、即座にお断りを申し上げた。

粟津 それはどうして。

秋山 小林さんに会って、目の前でしゃべるという度胸はとてもなかった。ところが、粟津さんは小林秀雄の目の前で、小林秀雄論をやったわけでしょう。たいへんなことをやったもんだね。

粟津 あとで話すけど、あれはこっちもまだ若かったし、やむを得ずというところがあったんだ。ところで、秋山さんが小林秀雄の名前を最初に知ったのはいつごろ?

秋山　ランボーの『地獄の季節』の訳者としてですね。そのすぐあとに、やはり小林訳でポール・ヴァレリーの『テスト氏』を読んだ。

栗津　僕はあなたより三つ年上だけど、あなたは少しませていたんだな。だいたい同じようなものだね。

秋山　ませていたわけではなくて、あの当時は教科書がないから、あまり学校へ行かなくてもすんで、街ばかり歩いていた。しかし、金がないから行くところというと、古本屋しかない。そこにはレイモン・ラディゲの『肉体の悪魔』があって、題名に釣られて読みたいと思ったんだけど、その店のおやじの顔がすぐそばにあってね、恥ずかしくてなかなか買えなかった。

　ある日、思いきって「これ下さい」と言って買って帰ったら、隣の本をつかんでいて、それが『地獄の季節』だった。あっと思ったけど、読んでみたらすごかった。

栗津　僕も小林さんの最初の本はランボーだけど、僕の場合は家の隣に絵描きさんがいて、京都の老舗《しにせ》の呉服屋の次男坊なんですが、たいへんな蔵書家で、レコードもなんでも持っている人だった。僕はその絵描きさんにたいへんに可愛がられて、書庫を開放してもらっていたんだな。

　毎日書庫に行っていたら、ある日、アルチュール・ランボー『地獄の季節』とあるのが目に留まった。アル中の乱暴者みたいで(笑)、おまけに地獄ときていますからね、中学生としては飛びつくよね。何も知らずに借りて帰ったけど、読んでみたら決定的な本だったね。

次に読んだのが、やはり秋山さんと同じで、『テスト氏』です。そのあと、『ドストエフスキイの生活』を読みました。この三本柱が僕にとっては戦前の小林秀雄のイメージだった。

秋山　僕の場合もまったくいっしょだけど、粟津さんと僕との違いは、『無常といふ事』との出会い方の違いだね。粟津さんの場合は文化があったけど、僕の戦前は文化とはまったく縁がなくて、日本の古典というものには遠かったからね。

複雑さを大事にしろ

粟津　僕は京都一中なんですが、ここの国語の先生には京都大学の秀才たちが来るんですよ。だから僕はすでに『平家物語』や『新古今和歌集』を読んでいたし、能に夢中になったりしているんです。

戦後になって『無常といふ事』を読んでも、あそこに出てくる『当麻《たえま》』という能も知っているわけだ。あなたのように無垢な状態ではなくて、妙な知識があったから、いろんな意味で屈折した衝撃がありましたね。

秋山　私が初めて小林秀雄を見たのは、早稲田の三年か四年のときだった。あのころの早稲田の学生というのは、大学へは行かずに、昼間っから新宿の飲み屋へ行ったり、街をほっつき歩いたりしていたもんですが、どこだったか講演会があって、小林秀雄の名前があったものだから、入ったんだ。そのときは「小説とは小人の説である」というようなことを言っていましたが、甲高い声でね。聴衆のほうは見ないで、うつむいたまま話していましたが、そのまま活字にできるような講演だったね。

粟津　僕が初めて会ったのは昭和二十二年の五月。旧制三高の創立記念日があって、講演に来てもらおうということでお願いしたんです。京都駅へ迎えに行くと、暗い駅の中を焦げ茶色の背広を着てね、早足でこちょこちょと歩いてくるんだ。前年に『モオツアルト』は発表していたし、これがあの小林秀雄か、と思ったのが最初の印象です。

講演は「常識について」というタイトルで、もちろんおもしろかったけれども、その前に僕が演壇に水を持って行くとね、「それは水か」と訊くから、「はい」と答えたら、「酒ねえか」と言ってね（笑）。酒を飲みながら講演をした。

講演が終わったあと、近くのお寺の離れを借りて話を聞いたんですが、これがめっぽうおもしろかった。いきなり「おめえたちは今度の戦争でたいへん複雑になったんだよ。この複雑さを大事にしろ」と言うんだ。こんなことは誰も言わなかったから、驚いた。戦後すぐで、まだ混乱しているときだから、民主主義でもいいし、ニヒリズムでもいいんだけど、みんななにか安定したものをつかみたいわけです。でも、どっちかじゃなくて、複雑さを大事にしろと言うんだから、肺腑《はいふ》に響きましたね。

秋山　小林秀雄は戦争についてほとんど発言していないし、本当はどう思っていたのか聞きたかったけれども、簡単に言えるようなことではなかったんだろうね。僕はチャンバラ小説が好きだからよく読んでいるんだけど、柴田錬三郎が戦争から帰ってきたあとにね、「小林秀雄の沈黙だけが信用できる」と書いているんですよ。いい言葉だと思ったな。

ライオンと豹の喧嘩

栗津 京都の話の続きですがね、その一晩じゃ足りないから、「もう一晩」と言ったら、「いいよ」ということで、またいろんな話を聞いた。

秋山 へえ、いい時代だな。うらやましい話だね。

栗津 ほかの連中はもう酔い潰れるか、吐くかしていたんだけれども、僕は酒に強かったから、二人で延々と飲んだ。小林さんは左手の人差し指に髪を絡めてくるくる回す癖があって、僕も当時、右手の人差し指に髪を絡めてくるくる回す癖があったものだから、二人でくるくるやってた。それを見た仲居さんが「まるでライオンと豹が喧嘩をしているみたいだ」と言っていたけど。志賀直哉や花田清輝などについて訊くと、いちいちピシッとした表現の答えが返ってくるわけだ。

志賀直哉について、戦後の作品はまったくおもしろくないと僕が言うと、「志賀さんかい？」と言ってね、「あれはおめえ、無知蒙昧なんだよ」と言うわけだ。僕がぎょっとしたら、そのあとで白鳥も藤村も花袋も英語がよく読めたと言うんですね。みんなフローベールやモーパッサンを英訳で読んでいるけれども、志賀さんは何もできないから、才能が広がらないと言うんだな。ただあの人はものすごい才能があるから、今日まで保ったと言うんですね。

秋山 たしかに日本の私小説について言うと、この分野を開拓していった人たちはみんな外国文学を読んでいるんですよ。このころの人だから、漢文はできた。それを捨ててやったというすごさがあるね。ところで、粟津さんはそのあとにも小林秀雄に会っているんだね。

粟津 その後、東京の大学へ行くことになったとき、そのときの小林さんへの謝礼があまりにも少なかったものだから、学校から少し出してもらって、僕が届けることになったんですよ。鎌倉の御自宅を訪ねたら、「上がれ」とおっしゃるので家に上がらせてもらって、またいろいろ話を伺った。

そのとき、「あのときの酒な、あれは水だったぜ」と言うんです。というのは、小林さんを京都駅まで送ったとき、友人の一人が酒をあげたいというので、包んで持って行ったんです。小林さんは喜んで汽車に乗って行ったんですが、米原あたりでそろそろころ合いと栓を抜いたら、中身は水だったというわけだ。当時の学生には、権威をからかってやろうという手合いが多かったんだよ。

でも、そのあと小林さんが「あいつ狂っただろう」と言うんで驚いた。たしかにその友人は、その後狂い死にしていたんです。若いころの長谷川泰子との付き合いをみても、小林秀雄は狂った人との付き合いの専門家なんですね。だからどういうパターンの人間が、どういうふうになっていくかということがわかっちゃうんだな。

秋山　異常に鋭敏なところがあって、わかるんだね。安岡章太郎さんの『流離譚』の書評でも、作者はキリスト教にいくほかないだろうということを書きましたね。小林さんがこんなことを書いていましたよ、と安岡さんに言ったら、安岡さんは驚いていたけど、その後、キリスト教にいってしまったものね。

おめえの言うとおりだよ

栗津　小林さんは若いころに非常に見事なボードレール論を書いているんです。そのあとにランボーにいったんだけど、「もうボードレールはやらないんですか」と訊いたら、「おめえに任せるよ。俺の批評はおめえたちの踏み石みたいなもんだから」と言うんですね。これは本気で言っているんだよ。世評では「批評の神様」とか「絡み屋」とか言われていたけど、本当はちがうんだな。

秋山　ただし、曖昧な考えで、利口ぶったことを言ったりすると、怖いんだろうね。

栗津　うん。でも話を聞いていると、論理を超えてとにかくおもしろいんだな。つまり、考える前に、小林さんが言うことなら、みんな信用したくなっちゃうわけだよ。これは危ないなと思ってね。ずいぶんあとになってからだけど、あるとき、意を決して鎌倉へ行ったわけです。「なんだ?」と言うから、「今日は小林さんを批評しに来た」と言うと、ニヤッと笑ってね。配給の煙草をテーブルにドサッと置いて、「言ってみな」と言うから、僕は罵倒し始めた。あの人は煙草の先っぽのほうしか吸わないから、灰皿にみるみる吸い殻が溜まっていくんだ。僕はそれを横目でチラチラ見ながらね、ヴァレリーに比べていかに小林さんは中途半端であるか。ドストエフスキーの複雑さに比べていかに小林さんは単純であるか、などとやりました。

　しかし、一時間半も悪口を言い続けると、タネが尽きるんです。言葉がなくなって黙ったら、「それだけかい？」と言うから、「はい」と言ったら、「おめえの言うとおりだよ」と言うんだ。

　あの人は聞き流しているんじゃないんだ。考えに考え、自分を分析し尽くしたところを、僕がなぞったということなんだろうけど、そう言われて僕は逆に参った。「馬鹿野郎、おめえなんか二度と来るな」と怒鳴られたほうが、よほどすっきりしたんじゃないかと思うよ。

秋山　そうだろうな。小林さんは聞き流すなんてことはしない人だから、途中で怒鳴るか、全部聞くかのどちらかだろうから、栗津さんが言うことを聞いたんだね。そのうえで「おめえの言うとおりだ」なんて言われたら、こたえるな。

栗津　秋山さんだったら、僕以上にこたえるだろうな。

秋山　だろうね。でも、思いきったことをやったもんだね。

栗津　さすがにその後は鎌倉へ伺うことはなくなったけど、パーティーなどで会うと、「どうだ」と声をかけてくれた。僕は草野心平さんの「歴程」に入ったものですから、小林さんが草野さんに「君のところに栗津っていう若いのがいるだろう」と言っていたと聞いたことがありますよ。

秋山　小林秀雄も直接その人と話し合うことがいかに大きいかということを自分でも書いているけど、本当に粟津さんがうらやましいな。

さっき、粟津さんが「危ない」と言ったけど、僕も文芸批評の魅力は小林秀雄に教わっているから、ああいう批評文を書きたいとやってきたけど、ずっとやっていったら、猿真似で終わってしまうから、離れなくちゃいけないと途中で思ったんだ。

粟津　あの人の真似をしたら、太宰治の真似をするよりひどいと思いますよ。

名人は鈍い刀を使う

秋山　もうひとつは『テスト氏』を読んでね、僕は戦後から今日に至るまでの小説は駄目で、小説というジャンルはもうおしまいだと思った。だから長いあいだ小説とは距離を置くようになってしまった。

粟津　そうですね。小林さんの批評を読むと、周辺の小説がみるみる色褪せるんだな。批評文というのは不思議で、分析もできれば描写もできる、飛躍もできれば回想もできるというように、なんでもできるんですね。小説が自由だというけれども、批評文のほうがはるかに自由なんです。

若いころ僕は小説を書いていたことがあるんですよ。旧制三高だったから梶井基次郎の再来といわれたこともあるんだ。やめてしまったのは、僕にとってはプラスかマイナスかわからないけれども、ひとつには小林秀雄の影響です。それがなければいまごろは大威張りでね、秋山駿が俺の評論を書いていたかもしれない（笑）。

秋山　なるほどな。小林秀雄は時間とか永遠とか、そういうものに直結するところで物を考えていた人だから、そこにイカれたら、あとがつらいだろうなと思いますね。僕はさっき言ったように、小林秀雄のような批評文を書きたいと思ってやってきたけど、真似をすると日常のヒダヒダが入ってこないんだな。その点、正宗白鳥は日常のことから文壇のことまで、いろんなことが入ってくるから、僕には正宗白鳥を読むことが小林秀雄の解毒剤になったね。

粟津　小林さんが「名人はわざと鈍い刀を使う」と言っているけど、正宗さんは平凡で常識的で、一見鈍そうに見えて、実際はそうじゃない。

秋山　そうなんだ。正宗さんの手口を盗んでやろうと思ったことがあったけど、あれは盗めない。小林さんの真似をするほうが簡単だね。

粟津　あるとき、小林さんにこう言われたことがあったよ。たとえば花について、二、三行書けというわけ。今度はまったく違った角度から二、三行書け。それを繰り返せと言うんだね。すると、花というだけで、いろんな観点が生きてくるというわけですよ。そういう訓練をしろと言われた。最初から自分で反論まで書いちゃえというわけですね。

秋山　ほほう、そんなことを言ってくれたんだ。

粟津　ところがやってみたけど、なかなかうまくいかないよ。

乱暴な人じゃないとできない

秋山　小林さんが三高へ行く前の年になるのかな、酔っ払って水道橋のプラットホームから落っこちたことがあったでしょう。僕は中学生だったけど、当時は世間が狭かったのかね、どこからか伝わってきて、小林秀雄は読んでいましたから、水道橋まで出かけて行って、ここから落っこちたのか、よく生きていたなと思いましたよ。

栗津　下に石材が積んであったんだけどね、その間に落ちたから助かったんだ。

秋山　『考へるヒント』を書いたころから「人生の教師」と言われて、たしかに半面はそうだけど、あんなに酔っ払う人はいないし、乱暴な人はいないね。だけど、乱暴な人だから、批評のなかに絵画が入ってくる、音楽が入ってくる、別な意味では科学も入ってくるんだね。こういうことは、乱暴な人じゃないとできないですよ。

栗津　昔から小説家が絵のことを書いたりしていたけど、たいてい裏芸なんですよ。ところが小林さんは、モーツァルトにしてもゴッホにしても、真っ正面から全身全霊を賭《と》して書いたわけで、そういうことをやってくれたおかげで、僕などは仕事がしやすくなっています。

秋山　いまになってみると、たとえば音楽の専門家が、小林秀雄の『モオツアルト』に対して批判ができるけれども、そういう水源地をつくったのは小林秀雄なんだ、だからあまりうっかりしたことを言いなさんな、と僕は言いたいんだ。

栗津　うん、よくわかるよ。

秋山　僕の友人の師に、立原道造みたいな美しい詩を書いていた男がいて、肺結核でね、痰が出るのが汚いから嫌だと言って、妹に病院の薬を盗ませて死んだ男がいるんですが、彼が敗戦直後に『モオツアルト』を読んで、こんな美しい日本語があるかぎり、日本は滅びないと言ったのを聞いて、それが率直な感想だったと思いますよ。

当時は『モオツアルト』にしても、その前の『無常といふ事』にしても、文学者に圧力を与えたというより、古典をあんなふうに考えた人はいないわけだからね。

大学の紀要を送ってくるんだけど、今日になって『無常といふ事』に出てくる『徒然草』の解釈が間違っているとか、細かいことを言う若い人がいるんだよ。

栗津　特に『モオツアルト』には作曲家たちが否定的だったね。流行《はや》ったから余計に否定したくなるのかもしれないが、そういう人たちがモーツァルトについて書いている文章がつまらないんだから、これは話にならない。

秋山　もうひとつ、『感想』でベルグソンのことを書きますね。ここには数学も出てくるし、物理も出てくるんですが、だいぶ前にある人が、ここに書かれている内容は、大学院の一年生程度の理解でしかないと言ったことがある。僕は理科系じゃないから、それが当たっているかどうかはわからないけど、問題はランボーからドストエフスキーまで書いたあの文章で、アインシュタインまで書ける日本人がいるか、ということなんですよ。

最初に「私はこう思う」と言った人

粟津　なるほど、そうだな。たしかに専門的・実証的立場から小林秀雄の著作を読むと、学問的な危うさや間違いはあります。しかし、たとえばヴァレリーが生涯書き続けた『カイエ』という一種の思想的日記にも数式がいっぱい出てきますが、これがけっこう間違いがあるんだね。ヴァレリーは数学の天才と言われたそうだからね、そういう人だって間違えるくらいなんだから、間違っていたっていいんだ。間違ったなかで彼の思考と創造力が働いていればそれでいいんです。

ベルグソンがバカロレアを受けたときの解析の答案が雑誌に載ったのを見たことがあるけどね、これがじつに簡潔できれいな解法で、このころからまさにベルグソンの思考があるんだな。僕がその答案を書くとしたら、おそらく三倍の量になるだろうと思う。この答案はちゃんと正解だったけど、そういうものがあれば、数式が間違っていたってかまわないんだ。

秋山　そういう間違いを小林秀雄の弱点だと言うような人は、私は信じられないな。

粟津　『本居宣長』のなかで、小林さんは、宣長という独特の人物が、私はこう思うと発言すれば、それにいろんな人が反論したり賛成したりして、思想の劇が生まれたという言い方をしているでしょう。小林という人は、まさしく「私はこう思う」と言った人なんだ。言うために、全力であらゆる努力を重ねた人でしょう。

秋山　そうなんだね。日本人としては『本居宣長』は深く入っていって、乗り越えられるかどうかは別としても、多くの人が悩まなくちゃいけないと思う。

栗津　小林秀雄には、なんとも執念深いところと、なんとも潔いところが共存しているんですよ。その絡み合いが魅力的で、作家論でも一方では西行を取り上げる。西行は執着に執着を重ねて、執着を乗り越えた人ですね。一方では実朝は無垢の人だからね。

秋山　遠藤周作さんの言葉を借りると、日本の文学は身体のことも生活のことも魂のことも書いてあるけれども、精神という問題が稀薄であると言うんだね。精神という単語を出すと、魂のことも科学のことも、ひとつの言葉で考えることができるというわけだけれども、その意味で小林秀雄はものすごい努力をした人なんですね。精神といえば、日本の古典も含まれてくる。科学とも結びついてくる。

だから『本居宣長補記』では、『古事記』に出てくるような時間の考え方を宣長がしたことは、アインシュタインの考え方と同じものだと言っている。あるいはこの『古事記』のもとになったのは、無名の作者たちの想像力の問題だとも言っているんですね。これは非常に奥深く言っていることで、われわれもこの言葉に喚起されて物を考えないと、日本の奥に何があったのか、わからないんじゃないかと思うんだ。

栗津　僕らは小林秀雄に多くのことを教わってきたけれども、さて、これを学んだというようなことはあるんだろうか。自分で学んだと思えるようなことは、じつは学んでいないと僕は思うんだな。僕が書いたものや感じ方、生き方を、周りの人が見て、栗津は小林秀雄からこの部分を学んだなと言われれば、それは学んだことなんだろうけど、自分ではわからないね。

経験を繰り返しで終わらせるな

秋山　栗津さんや僕は、ある時期、小林秀雄を丸ごと飲んでいるから、学んだことをひとつの言葉で言うことはできないね。ただ、小林秀雄は知識人的なものに惑わされないで、自分が生きているということを大切にしろ、真剣に考えろということを言っているんだけど、これは僕にとっては教訓になっていますよ。

生きていることの中心にあるのは、独り「オギャア」と生まれてからの経験だよね。そこをじっと見ろという。そこにすべてのものがあるから、じっと見ろというわけです。ごく普通の人が言っている言葉のなかにも、その人の経験のなかでおのずと身に付いた言葉があるから、それを尊重しろというわけだね。

栗津　逆の言い方をすれば、全力で考えろということは、それぞれの経験をかけがえのないものにすることですよ。考えなきゃ、経験なんてすぐ瞬間になり、繰り返しで終わってしまうんだから。

秋山　小林秀雄はそういうことを、われわれがごく自然に生きているということの根底に届くような言葉で言っていますから、小林秀雄の文章は若い人には難しいですね。『考へるヒント』でも、最初に読んだときは僕もまだ若かったから、小林秀雄は間違ったことを言っていると思ったもんです。特に今日の若い人たちは、こうすればこうなるという、参考書の文章に慣れてしまっているから、自己否定の入った文章が読めなくなっているんですね。最近まで僕は大学にいたから、学生たちに小林秀雄の文章を読ませると、正反対のことを言ったりするんだ。

栗津 別の話になるけど、僕の文章が大学入試に出ることがあるんです。「使わせてもらいました」と言って送ってくるんですが、それを見ると、答えが一から五まであって、「このうち作者が言いたいことはどれか」とあるんだね。だけど、筆者は一から五まで全部言いたいんだよ。言いたいことがひとつにまとめられれば、こっちも苦労はしないわけで、僕が受けたら落っこちるね。

秋山 ところで、さっきはベルグソンの話になったけれども、『感想』は「おつかさん」の話で始まりますね。水道橋の駅から落っこったときも、おっかさんが助けてくれたという。

栗津 小林さんの文章には父親はあまり出てこないね。

秋山 これは小林秀雄の場合と考えてもいいけれども、われわれ日本人全般にいえることだと思うんだな。日本の文学には母親を主題としたものは乏しいけれども、われわれは母親と子供で生きているはずですね。しかし、母親とは何かというのは非常に難しいね。

栗津 子供と父親との関係というのは観念的なんです。

秋山 うん、しかし母親はそうではないから、いわく言い難いものがある。

私とは何か　考えるとは何か

栗津　小林秀雄は、言葉をいわゆる言霊《ことだま》に戻そうとしたわけでしょう。言霊というのは、存在と生成の根源だよね。そこへ戻そうとするわけだから、出てくるのは母親のイメージしかないですよ。

秋山　父親の言葉は社会の言葉だけど、われわれが聞くおっかさんの言葉はそうではないんだよね。

栗津　小林さんは母親が信仰していた新興宗教をいっしょになって信じるでしょう。母親が信じているなら認めてあげようということは、母親想いの人なら誰でもやるけど、いっしょになって修行するというところまではなかなかいかない。

秋山　いまは女の人の元気がよくて、なにかにつけて女性が貶められているという声が多くなっているけれども、日本の文学で母親を悪く言ったものはないんですよ。ただ、夫婦関係のあたりから貶められるようになっていくんだけれども、母親はすなわち女なんだからね。

小林秀雄の「おつかさん」は少し異常な感じもするけれども、水道橋のプラットホームから落っこちて助かったのも、おっかさんのおかげだし、『モオツアルト』も母の霊に捧ぐという献辞があるのを見ると、感じるところはありますね。『本居宣長』を読んでも女々しいところがあるし、だいたい日本の和歌というのは女々しいところがあるでしょう。それが小林秀雄に通じるものがあるんだと思う。

昭和二十五年に「詩について」という短い文章を発表しているんだけど、そのなかで、自分は若いころボードレールをいっぱい読んで、そのなかから拾い出してきたものは、自分とは何かという難題だった、ということを書いているんです。

そこで、話を小林秀雄が教えてくれたことに戻すと、自分は私という存在なのか、人間のなかの一人という存在なのか、このふたつが一致しているのか、相反しているのか、ということだったね。

栗津 秋山駿にとっての小林秀雄は「私とは何か」なんだろうが、僕にとっての小林秀雄は「考えるとは何か」ということなんですね。初めのほうで言ったように、僕は小林さんから「複雑さを大事にしろ」と言われたでしょう。若年期のとっぱなに言われたことだからよく覚えていて、その複雑さを単純にしないように努力をしてきました。その後も、正反対の議論が出てきたり、社会情勢があったりしたけど、その両方を生かそうという気持ち、これは一種の心構えですね。

たとえば日本には昔からヨーロッパへ行く人間が多かったでしょう。彼らが帰ってきたときにどうなるかというと、一方はナショナリストになり、一方は西洋が絶対で、日本は駄目だというようになるんだね。どっちかに行かないと落ち着かないんだよ。だけど、両方生かさないといけないと思うよ。

だいぶ前のことだけど、ヨーロッパへ長いこと行っていて、帰ってくると、当時は羽田空港だったから、東京の街がアメーバみたいに見えた。だからそれを、まだ発展途上国的な状況である、と表現してもいいわけだ。だけど、その一方では活気がある、バイタリティーのある街の姿として生きていないと困るわけです。だから、僕は日本主義者にもならないし、西洋主義者にもならなかった。アメリカと旧ソ連の関係にしても、僕が初めて小林さんに会ったころは、まだ両国が同盟国で、蜜月時代だったけどね、「見ててみな、そのうち両方が自分だけが正しいと言いだすぜ」と言うんだね。

秋山　なるほどねえ、いろんな洞察をした人なんだね。

花の美しさというものはない

粟津　ところで、秋山さんは小林秀雄の名言をなにか選んできてくれているの?

秋山　僕は律儀だからね、いろいろ選んではきたけど、対談の舞台が文学の雑誌じゃないから、何を出したらいいのか、困っているんだよ。だいたい粟津さんが相手だというから、あなたがなにか言ったら、それについてなにか言えばいいやと思って、安心して来ているんだから。

粟津　それは買いかぶりだったね。この雑誌にあうような人生論でなくったってかまわないから、用意しているんだったらなにか出しなさいよ。たとえば、『モオツアルト』にある「モオツアルトは行き先を定めなかった」とか、プルウストについてだったかな。「彼は自分の苦痛の独創性を信じた」とか、『無常といふ事』のなかの『当麻』にある「美しい花がある。花の美しさなどはない」とかね。

秋山 それ、出鱈目だよ(笑)。

粟津 これは小林秀雄の美学の核心ですからね。

秋山 それと同時に、この言葉は物を考えるときの原点だと思うんだよね。人生の生き方についても、こんないい生き方があるよ、というのではなく、父親でも母親でもいいから、しっかり生きているという形があるということなんだよね。

粟津 まあ、小林秀雄の名言というのは、ひとつあればいいか。文章にはなっていないけど、僕が言われた「複雑さを大事にしろ」というのもそのひとつだけれども、ひとつだけのほうがかえって印象的になるんじゃないか。

ところで、最近の世相を見ると、みんな物を考えなくなったね。考えている振りをしているか、考えているつもりになっているか、要するに考えもどきばかりだ。そのなかで、人間がもっている物を考える能力を、一種無垢の状態に戻して、そこから考えるというのは非常に魅力のあることなんだね。なにごとにも替え難いものなんだ。それを小林秀雄は一身に体現したと言えるんじゃないかな。誇張もなく飾りもなく、ただ考えることで生きた人だね。

不思議な優しさがあった

秋山　小林秀雄の文章というのは、ある問題をこのように考えて、何をどうすれば結論に至るというものではなくて、考える動きをそのまま文章にしたものですから、読む人はその波長を受け止めなくちゃいけない。結局のところは音楽なんだね。こうも考えられる、ああも考えられるけど、私はこう考えていくと言うでしょう。そういう考えの足取りそのものが、小林秀雄の文章になっているんだ、ということを感じられないと、考えるということがなくなってしまう。その結果、今日どうなっているかというと、やや牽強付会のところがあるかもしれないけれど、戦後の日本では「武」が言われなくなりましたね。武というとすぐ戦争と言いだす人がいるから、非常に言いにくい問題なんだけど。

栗津　そう。いきなり「武」と言うと誤解されるんだけど、それでは先ほどから僕が言ってきたような複雑さをなくしてしまうことになるんだよ。武とは激しさだけでなく、優しさや温かさもあるものだからね。人間の精神の骨格をつくる力と相手の心の中に入り込んでいく心遣いが、同時に生きてなきゃ困るんだ。

秋山　そう言ってもらえば、誤解がなくなるか。つまり僕が言わんとするところは、武が言われなくなった、と。日本は本当は武と歌の両方で流れてきているんですね。だから小林秀雄は

『私の人生観』で織田信長のことを言い、宮本武蔵のことを言っている。一方、『本居宣長』では歌の道のことを言う。小林秀雄は、日本では武と歌がどこかで並行しつつ、どこか根底で一致しているということを言ってきた人なんです。このことも今日喚起しなければならないと思いますね。

栗津さんの複雑さを大事にするという話じゃないけれども、日本は戦争中は戦争的でなければ非国民と言われ、いまは平和といっても、つまらない考えの平和的なものに参加しなければ非国民だと、極端に流れるけれども、両方が一致して真っすぐに流れなければいけない。そのためにも、もう一度考えるということを取り戻さなくちゃいけないね。

栗津　小林秀雄の業績、今日的意義については、秋山さんが言ってくれたから、もうこれ以上僕が付け足すことはありませんが、でも、激しい人だったね。

秋山　激しいというより、乱暴な人だ（笑）。

栗津　でも、そのなかに不思議な優しさがあったね。あの人が優しい表情をしたときはじつによかった。

現実と詩の創造

粟津則雄
吉本隆明

初期の詩と宮沢賢治の影響

粟津　今度、吉本さんの「初期詩篇」を拝見して改めて痛感したのは、まず第一に、吉本さんの詩の出発点に、宮沢賢治の巨大な存在があるということですね。彼の存在と作品との浸透がきわめて強い。この点で、ぼくは以前の自分の評言を訂正する必要があるんですが、そういうわけで、初期の吉本さんにとっての賢治の意味あいのようなものからお聞きしたい。

吉本　「初期詩篇」の詩を書いていた時代に影響を受けたと言いますか、下敷になっているのは宮沢賢治と立原道造と中原中也だと思います。そのうちでも宮沢賢治の影響がいちばん最初、非常に強かったわけです。それは十八歳から二十歳くらいのあいだだと思うんですが、戦争中ですからあまり読む詩集もなくて、たまたま見つかったということなんです。ぼくは当時、学校は東北でしたから、宮沢賢治のなかの一種の自然との交感みたいなもの、自然に対する感情移入みたいなものなんですけれども、それはわりあい風土的なところがあって、むこうにいると相当ピタッとくるところがあるわけです。そういう面が詩の問題としては影響として受けいれやすかったと思うんですよ。もう一つは、宮沢賢治はもともと化学系統の素養をもっている人でしたから、その面でのいくらかの仕事があるわけですが、ぼく自身もそのとき学校で化学を専攻していましたから、そういう面でもわりあいぴったりくるところがあったんです。

もう一つは、結果的には別に成果を得ているわけではないけれども、ある種の実践者的な姿勢が宮沢賢治にはあるわけですが、そのことは年齢のせいもありますし、その頃戦争という現実があったわけですから、そういうところで実践者的な姿勢が深くアピールしたということがあると思うんです。結局、そういうような点から非常にすべりこみやすかったということが、影響の大きな基点になったと思うんです。それはわりあい長く続いたと思います。

栗津　いまのお話はよくわかりました。しかし、「初期詩篇」のなかの最初の頃の作品では、風土的なものと自分の直接的な生活とが作りなすさまざまなかかわり、そのかかわりの多様で独特な手ざわり、そういうものが現われないで、抽象的な観念の世界と、観念の世界での自然との結合という点だけに、詩的努力を集中しておられるような感じがするんですが、そういう点はどうですか?

吉本　おそらくそれは宮沢賢治の影響と、当時ぼくは特別な学生ではなかったですから、ごく一般的に言って広い意味での日本浪曼派的な雰囲気、そのうえで言えば「四季」の詩人たちの感性は当時、詩とはそういうものだといった比重をもっていたと思うんですけど、そういう面の一般的な詩の感性と言いますか、そういうものがきっと宮沢賢治の影響とからみあったところで出てきたと思うんです。その点がおそらく大きな意味では自然に対する交感というか感情移入というものが、詩の主体になっていったということがあると思います。あとは年頃から言っても、十七、八から二十歳ぐらいまでの感性のなかで、一面では問題になるのは自分の内的な感性だけなんだという、生涯の時代としての契機もあるかもしれません。おそらく「四季」派みたいな影響と両方ひっからみあっているんじゃないかと思うんです。だから、考えてみますと戦後もずっとあとになってからでないと、現実社会の動きとか生活過程そのものというものを詩のなかに入れてこられなかったように思うんです。

粟津　そういうわけですか。それからもう一つ、賢治のスタイルのなかのダイアローグの形式に早くから魅力を感じておられたような印象を受けた。たとえば、お姉さんに語りかけるスタイルの詩がありましたね。あれは明らかに賢治の「永訣の朝」などのスタイルだけれども、ああいう対話性はさまざまに変容しながら吉本さんのなかで執拗に続いているように思う。詩作の出発点において対話というものに惹かれたということはありますか？

吉本　そういうことはあったとしても、おそらくぼく自身はあまり意識的じゃなかったと思いますね。無意識裡に影響されていたということで、あとから考えますといろんな意味あいをつけられそうな気がしますけど、自分では自覚的じゃなかったんじゃないかと思います。

粟津　なるほどね。ところが、ぼくは吉本さんのなかに対話に対する偏執のようなものを感じるんですよ。そういう対話の現実的な可能性をきわめて端的に信じておられるところが、出発点においてはあったように思う。それと、賢治の詩が示す風土的なものと濃密に結びついた自然がある。そしてこれもまたひどく観念的なかたちで直接に捉えられているところがある。ところが、そういう対話の現実的な可能性が次第に欠落していって、詩人の自我は、ある詩のなかの言葉を使えば「類を呼ばない心」として限定され、孤立化していく。そのことによって一方では、観念的な自然が他者としての社会に変わっていく。「類を呼ばない心」と社会とのかかわりのなかで吉本さんの詩が生きてくるわけだけれど、そのなかで対話性がいろんなヴァリエーションをつくりながら、生かされてるような気がするんですよ。

吉本　その点は何なのかが自分でもよくわからないんですけれども。ぼくには語りかけるというか、教育者癖みたいなものはあまりないんですが、その当時もしきりと思ったんですけれども、宮沢賢治のなかにある実践的姿勢というものはある程度自分でも可能だというような夢を見ていましたから、そういう姿勢が対話的な方法ということで出てきたんではないかという気がするんです。自分ではうまくわかりませんけどね。

栗津　最初はナマに賢治の対話形式と結びついていたものが、吉本さんのその「実践者的姿勢」への夢が強いられたさまざまな変容によって、吉本さんの詩の本質的要素に変わっていったのかな。片方でそういうことがあるから、吉本さんの場合は、たとえば大岡信なんかが受けたようなシュルレアリスムの浸透力をあらかじめ拒否できたという印象も受けるけれども、その点はどうですか？

吉本　そういうふうにも言えるかもしれないですね。シュルレアリスムの影響みたいなものは初めからなかったように思うんです。もし、そういうものが手法のうえであるとすれば無意識的なものであるし、表現技術上ひとりでに出てきちゃったんだという感じで、あまり影響は受けていないですね。

栗津 とくに自分で拒否したいとか、あるいは一種の惹きつけられるような力を感じたということはないわけですか？

吉本 それはあまり意識的じゃないように思うんです。ぼくなんかが詩をつくる方法を自分なりにとり出してみますと、社会全体と言ってもいいし、自然全体と言ってもいいんですけど、そういうものに対する感覚的な把握があらかじめ行なわれていないと詩を書けないみたいなところがありますね。つまり全体の現実性というものがうまく把めていないと、仮りにそういう主題でない詩であっても書けないみたいな詩法上の癖がありますね。だから、いまみたいなときは非常に書きにくいわけです。おそらくシュルレアリスムの影響をしこたま受けた方法だったら、現在書きいいんじゃないかと思うんですけど、ぼくらのもっている詩の書き方というか方法では、現在は詩は非常に書きにくいですね。ぼくは年のせいもいろいろあるかもしれないけれども、「荒地」に拠っていた詩人たちが、ぼくらも含めてあまり詩が書けなくなったし、書いたとしてもわりあい習い覚えた技術でこなしたという感じの詩しか書けないのは、おそらく何かむずかしいんじゃないかと思うんです。そういう方法だと非常に把みにくい感じなんですね。感覚的にも全体が把みにくい感じだから、非常に書きにくいという感じがしているわけです。

粟津　賢治の作品には、自然がまるで手でさわれるように明確に堅固に生きている。しかも一方、そこには固有の歴史が幾重にもたたみこまれている。そういう自然とおそろしく生々しく結ばれた作者がいる、そういう作品ないし作者とまず出会ったために、シュルレアリスムの詩法のなかにあるような、最初から自然観念が崩壊していて、その崩壊に自分をさらすという過程のうえに一種の非人称的な詩的自我をつくるという詩法は成立し得なかったわけですか？

吉本　ぼくにはそう思えますね。「初期詩篇」にあるものから訣別できる戦後の自分の詩を考えても、なかなかそれができない方法上の制約が初めからあったように思います。それはやむを得ないんだろうと思いますけれども、しかし、少なくともだんだん書きにくくなった。仮りに書いても習慣的に書いているという感じになりまして、たいへんむずかしいところだと思います。

自我と外界の問題

粟津　たとえばシュルレアリスムもそうだし、モーリス・ブランショなんかもそういうことを考えるわけだけれども、書く人間の自我はインパーソナルな中性的な自我であって、むしろ自我とも言えないもので、しかもそこに普遍的な一種の語りやまないものがいつも動いていて、それに詩人が手を加えて初めて現実の言葉になるという考え方をするわけですが、吉本さんの場合、「廃人の歌」とか「異数の世界へおりてゆく」とか「類を呼ばない心」というかたちで詩人が孤立を強いられてはいても、インパーソナルなものの方へ拡がりきってしまうということはないわけですね。

吉本 そうですね。そういうことはないと思います。そういう意味では、シュルレアリスムでも二〇年以降でもいいですが、なにはともあれ芸術的方法の必然であって、かつ方法上の高度さから言えば最も高度だというような、大なり小なり現代芸術の課題をぼく自身がうまく全般的に咀嚼してきたとは言えなくて、あらかじめ避けて通ってしまったようなところがあると思うんですよ。

また、意識的な詩の問題でなくて言えば、何がゆえに詩を書き始めたかということを考えてみますと、自己を慰安する意味あいで詩を書き始めた。つまり、実際に不幸であったかどうかは別として、子供の頃から不幸な感性があって、それはなんらかの意味で表現して対象化してみると、自から慰むということがあると思うんです。もともと詩を書き始める衝動になっているのは、〈不幸な〉と主観的に考えている自分の感性でしょうね。そういう意味では無自覚な詩の書き手というようなところからはいって、無自覚な詩の書き手という要素はあとになるまでなくなってはいないと思うんです。そういう意味で、現代詩の歴史的な方法的必然というものがうまく入ってこないままにすぎてしまったという要素が多いと思いますね。

栗津 ぼくは吉本さんを無自覚な詩人だとは思わない。たいへん方法的な詩人だと言えると思う。ただ、こういうことはある。たとえば「固有時との対話」の場合、あれは吉本さんの個人的な歴史や賢治から学んだ、生きた自然観念と結びついた固有の時間というものに対して、次第に自分を外化していく運動のうえに成立した作品でしょう。ほとんどそれだけが主題だとも言える。そのさい、外化する運動でつくられた〈わたくし〉をうたう詩人の自我は、非常にインパーソナルなところへ後退している感じがあるわけですよ。そこには無数の可能性があったと思うんだけれども、吉本さんはあれから「転位のための十篇」の方へいかれたわけですね。「転位……」の方へいかないで、もう少しあれを方法のなかで純化していけば、たいへんインパーソナルな、固有時と対話する自我そのものが、そのまま詩的自我と重なるような一つの世界ができ得る可能性があっただろうとぼくは思うわけです。

吉本　あなたのおっしゃることはよくわかりますね。「固有時との対話」がどうしてできたかと考えてみますと、いわゆる詩が書けなくなったということが一つあります。もう一つは、外界というものを失なったということがあると思うんですよ。つまり、少なくとも外界を捉えようとすると、光とか影とか建物とか街路樹とか道路とか、数えれば五つか六つで尽きてしまう、そういうものはひっかかってくるんですけど、あとのものはみんな失なってしまったという感じがありました。自分がそれを見ていないということなんですよ。見てはいても自分の意識のなかに入れてはいない、つまり眼はちっとも見ていないという感じです。だから、悉く失なったという感じで、失なったなかで捉えられるとすれば数えあげるほどのものしか捉えられないし、それだけの要素で何が書けるのかわからないが、しかし、それだけの要素しかないんだから、それだけの要素で書くという具合で「固有時との対話」ができたと思うんです。

ところで、いまおっしゃった分岐点ですけれども、なぜ詩の方法上の問題として「固有時との対話」の問題をつきつめていかれなかったかということがあるんですけど、どういうことかと言いますと、「固有時との対話」を書いたときに、既にぼくは社会思想と言ったらいいでしょうか、そういうものではかなり現実社会の欠陥がどうだとか、現実社会の成り立ちが不都合であるとか、詩以外のところでそういうものがかなり自分のなかに入っていたわけです。そういうものを詩に表現しようとすると、全部何もなくなっちゃって、四つか五つの対象でしか捉えられない。そういうことで生身の自分、あるいは詩以外の自分と詩としての自分というものが、自分のなかで葛藤していましたから、ぼくの関心は自ずから、詩以外の面で自分のなかに入ってきていると思われるものを、いかに方法的におかしくなく詩のなかに導入できるかということが、自分にとって相当きつい課題だったわけです。だから、それがある程度大きくできたというときは「転位のための十篇」のところへいったわけです。だけど、いま考えてみますと、粟津さんのおっしゃるようにあれはもっとやるべきだったんだということなんです。「固有時との対話」の問題は、詩の問題としても自分の問題としても、もっと徹底的にくたばるかどうかというところまで、やはりやるべきだったかもしれません。だけど、自分はわりあいそのときなんとかして現実性を、現実の外界を獲得せよという感じだったんですね。それで「転位のための十篇」の方へいったわけです。だから、粟津さんのおっしゃることは、いま考えてみると非常に正しいように思います。だけど、ぼくがそういかなかった理由はいま言ったふうにあるんです。

今度ぼくの著作集ということで、初期詩篇が本になって、「これ、わりあいと読まれていますよ」と本屋さんが言うから、「そうかな、こんなのが読まれるのはちょっとおかしいんじゃないか」と感じて、自分でも読んでみました。そうしたら、ぼくはかなりいけると言うか、かなりいいと思いました。ぼくがむかし頭のなかで漠然と書いたものだから、とても読んじゃいられねえだろうと思ったのに比べれば、読んだあと「いいところある」という感じでした。「いいところある」というのはいろんな意味がありますけれども、青年期の限られた時間のあいだにスッと出てきてまた消えてしまうものに、本当はよさがあるだけなのかもしれませんけれども、そう思いました。結局そういうものから「固有時との対話」の方へいくという経路には、ある意味での必然があるように思いましたね。じゃあ、これの必然はもっとつきつめられていく方向があり得たというふうには思いました。その当時、自分ではなかなかそうは考えなくて、なんとかして外界のもの、社会のものを詩のなかに不自然でなく入れたかったわけですよ。だから、そういう方向にいったわけですけど、いま考えてみるとそれが唯一の可能性ではなかったと思います。

粟津　ぼくも「転位のための十篇」はいけると思いますよ。そのいけるゆえんなんだが、今度の『共同幻想論』や『言語にとって美とはなにか』でもそうなんだけれども、吉本さんのなかには片方でたとえば共同幻想というかたちになるような、関係というものの存在があるわけでしょう。また片方では吉本さん流に言えば関係と逆立している個人幻想ないしそういう社会があるわけですが、両方の矛盾したからまりあいそのものを全体的に詩のなかに把みとろうという欲求は、「初期詩篇」の最初期からあるような気がする。「転位のための十篇」は、そういう欲求の一つの実現では十分あり得たと思うし、その限り、じつに徹底して書かれているとは思う。

吉本　ちっとも唯一の可能性というものじゃないですね。自分で読んでみてそう思います。一種の袋小路みたいなものなんですけど、やはりそのときはそうは考えなくて、とにかく詩のなかに外界と言いますか、現実、社会というものを方法的に入れてくることはたいへんなんだな、というのがそのときの実感でしたね。だから、ぼく自身「荒地」の詩人たちには、「この人たちは相当むずかしいことをやってきているな」ということで惹かれていったと思います。あれは不思議なもので、詩以外のところでいくらかは社会思想についての知識が、単なる知識としてでなく自分ではこなれて入っていると思うんですが、それがどうしても詩のなかに出てこないんですね。詩としてはかえってそういうものを失なっていくという感じで、それがものすごく自分でもきつかったですけれども、そのきつさはどこかで総合できるはずだというのがもっぱら詩のうえの課題だったわけです。

栗津　そうすると「固有時との対話」を書いている作者としての自我と、「転位のための十篇」を書いている作者としての自我との違いは、具体的にはどういう点にあるのかな？

吉本　そこはぼくもよくわからないです。わからないというのは、現実の問題や社会の問題はどうしたら詩のなかに入ってくるかを考えたのですが、いつのまにか入れていたということで、あまり自覚的じゃないものですから、いまだによくわからないんです。しかし、ぼく自身の全体性というもので言えば、「固有時との対話」を書いたときと「転位のための十篇」を書いたときと、あまり違っていたとは思えないんですよ。違っていたところがあるとすれば、多少生活環境が違っていたかもしれないなと思います。つまり、「固有時との対話」を書いたときはまだ学校の特別研究生かなんかの時代でしたし、「転位のための十篇」を書いたのは就職して会社にいた頃ですから、生活感性としてはだいぶ違っていたとは言えますけど、自分がもっているものとして違ったということはあまりないですね。

栗津　読者としての印象ではかなり違うな。「固有時との対話」の場合は、さっき言われたように、明らかに影とか太陽とか建築とか、手にさわれるものしか見えないということを痛感するんだけれども、「転位のための十篇」の場合は、もっと外界の凹凸が、背後にあるそれぞれの個人ないしいろんな存在の歴史を孕んだかたちで現われてくる感じがする。それははっきり言えると思う。抽象的な自我そのものが、たとえば「廃人」というかたちで一種の否定媒介として世界に組みこまれている。ぼくとしては、両方の詩の作者としての詩人が変わっていないと言われるのはちょっと不思議な気がするんですよ。もっと見えてきているんじゃないか、同じ街路というイメージでも、明らかに肉感的に生々しくなってきている。もうあと一歩出れば、それを踏まえて歴史のすべてが時間的な秩序を超えて吹き出してくるのではないか、というようなところがある。

吉本　ぼく自身としてはそういう感じがないんですね。「固有時との対話」を書いていたときにも「転位のための十篇」のような詩を書きたい、なぜ書けないか、書きたい、というふうに思っていたと思います。でも、どうしても書けなかったというところなんですね。それほど変わったとは思えないわけです。ただ「転位のための十篇」が書けるようになったときに、一つふっきれたような感じがしたのは確かなんですけど、それがいいのか悪いのか、そのときはもちろんわからないわけですが、いま考えるとそれがよかったのか、唯一だったのかということについてはいろいろ疑問をもっていますね。

栗津　これは、ぼくの想像だけれども、「固有時との対話」みたいな作品を書いていると、作者はひどくつらいところへ連れ出される気がする。作者としては、自分のイメージから親しい外部世界が消え去って、完全に抽象的な無機物だけの世界の方へ、あるいは詩とは言えないような世界の方へ、否応なしに連れ出されるのではないかという、一種の恐怖感があったのじゃないかと思う。だから、なんとか現実にしがみつかなきゃオレは現実とつながりがもてないのではないか、というような感覚があったように思いますがね。

吉本　ありましたね、それに類したことはあったと思います。非常に恐怖だと、結局このままいけば全部なくなっていくだろうと、どうしてもしかたがないんだ、という感じもありました。恐怖というか、これで全部崩壊してしまうという感じになるんじゃないかという危惧みたいなものは絶えずあったと思います。そういうことがなんとかして現実をというあれになったと思うんですが、なんとかして現実をというしがみつき方も、いま考えれば徹底性を欠いていて、もっと「固有時との対話」がもっている外界の喪失みたいなものをつきつめられてよかったのだ、そういうふうにいくべきだったんじゃなかろうか、という感じを現在ではもちますね。当時はそうは思いませんでした。少しでも早くこの世界を逃げられるなら逃げたいという感じでした。

〈不幸なる感情〉――立原道造、中原中也の影響

栗津　「転位のための十篇」以後の作品のことになりますが、それからあとは対社会的、対自己的な姿勢では変わりがないように思うけれども、そう考えていいんでしょうか?

吉本　いいと思います。いいと思うけれども、これは時代によるのかぼく自身の動きによるのかわかりませんけれども、あまりよくないですね、詩として。よくないというのは、詩の技術のうえでは慣れてしまったところがあって、わりあい手慣れた方法で手慣れた主題をこなしているんですけど、現実をひっかいていないという感じがするんですよ。その意味では習慣的だという感じがします。現実をひっかき得ていないという感じがあって、だから、だんだん詩を書くということも、詩を書いて発表するということも、いやになってきていますね。

栗津　「転位のための十篇」で吉本さんが自分自身に提出された問題は重要だと思う。共同幻想的世界と個人幻想的世界との逆立的関係そのもののなかに、世界のなかの人間というもののあり方が現われているという考え方は、詩の全体性を構築するうえできわめて重要だと思うな。ただ、この矛盾を孕んだ動的な関係を十分に把みとられているかという点には問題がある。あ

れは詩のモティーフとしては、たいへん実りの多いモティーフだとぼくは思うのですよ。完全にインパーソナルな詩的自我へいかないで、片方にインパーソナルなものを絶えず内側から壊してくるような現実の力があって、その力がインパーソナルなものへいこうという個人幻想的世界に逆立してかかわっている。かかわっているものをとりこもうとする。だが、とりこむためにはそうした自我はインパーソナルでありながら、一方ではパーソナルなものを超えて「類を呼ばない心」という極端に孤立した、極端に特殊な詩的自我になる。こういう関係そのものを詩のなかで全体的にすくいとり把みとるという課題がおそらくあり得ただろうと、ぼくは先読みするわけです。それを吉本さんは書いておられないという気がするんですよ。

吉本　そういうことが言えるんじゃないでしょうか。人間の自我と言いますか個人と言いますか知りませんけど、そういうものの世界はいまの共同社会で起こってくる問題に対して、いかようにしてもうまくかかわっていくことはできないという問題が「転位のための十篇」のなかにあって、そこではわりあい共同的な社会のできごとに対する反応みたいなものと、本当に生粋に自分自身に属するものが、ある意味では折衷的な、ある意味では反撥するような、ある意味では曖昧な位相でくっつけられていたりというかたちで出ていると思うんです。その出方は結局そのままではものにならないということが絶えずあると思うんです。

だから、だんだん詩としては行き詰まってしまうという感じだと思うんです。行き詰りの果てにあまり詩も書かなくなったし、たまに書くことがあっても、それを公表する気分がさっぱりなくなってしまったということがあると思うんですよ。こういうものはどうやったら脱けられるかということは、自分自身でもちろんよくわかっていると思うんです。わかっていることを技術的に言ってしまえば、詩を相当程度意識的に書きこんでいくといいと思うし、ふっきれるところへいくと思うんですけどね、ふっきれたところがどこであるかは別として。ただ、それだけのゆとりがないといいますか、時間（自分の意識の時間）的なゆとりがないからそれができない。できなければ、いままで習い覚えた手慣れた技術と主題で詩を書くということがせいいっぱいだし、そんなことなら書いてもしようがないし「書いても人に見せてもしようがない」という感じでいるわけです。詩の創作とはそういうもので、いちおう経験上知っているところでは、ある時間、ある年月、すごく多く書きこんでいくとふっきれるところがあると言えるように思うんですけど、意識の時間としてそういうゆとりがないものですから、それなら惰性で書くよりはあまりやらないほうがいいだろうと自分では思っているわけです。

栗津　いつか山本太郎と吉本さんの話をしていたんですよ。彼の言うには吉本という人は自己をうたっている人ではないんだ、オレはうたっているけれども、吉本さんはやめてしまう。まあ、そういう意味のことを彼は言っていたけれども、そういうことがありますか？

吉本　あると思いますね。

栗津　絶えず歌が心にあって、意識的にも無意識的にも絶えず歌が生きて動いているということはないわけですか？

吉本　ぼくはないと思います。うたう心みたいなものは現在もないですし、以前も本当はなかったかもしれないと思います。ただ、詩になるかならないかということを別にすれば、自分にはさっき言った言葉で言えば〈不幸なる感情〉と言いますか、生きるということに対しても〈不幸なる感情〉というものがあると思うんですよ。だから、もしうたっているとすれば、またいまもうたう心をもっているとすれば、そういうところしかないと思いますね。だから、なんらそれは詩的な問題ではないような気もしますし、詩になっていかなくてもいいのかもしれないです。

栗津　わかりました。さっきからぼくがくり返し伺っていることは、結局そこに帰すると思うんですよ。つまり、吉本さんの場合には〈不幸なる感情〉と歌とのあいだに、一種の深い不和があるんだな。その不和そのもののうちの内的構造を明らかにするという点に、あるいは吉本さんにとっての詩というものがあるのかもしれない。

最初に吉本さんが影響を受けた詩人ということで、賢治のほかに中原中也と立原道造をあげておられた。中也はどういうかたちで受けとられましたか？　あるいはいまどういうかたちで考えておられるのか。

吉本　それはおそらく一つは〈不幸なる意識〉と言いますか〈不幸なる感情〉と言いますか、そういうものが中原中也にあるということがアピールしたと思うんです。もう少し分析的に言いますと、中原中也の詩はかなりうまいんですよ。技術的に言ってうまいと思うんです。それが八方破れみたいな感じで、しかもうまいということなんです。中原中也の詩の方法は、詩を書く場合にとるとり方はわりあいにやさしいんじゃないかと思います。つまり出まかせなことでやっているうちに、うまくまとまりがついてくるようなところがあって、そんなものは詩にならないじゃないかと思うと詩になっているところがある。そこは技術的なうまさなんだと思うんですけど、そういうところがあって、詩としては八方破れたところで、もし仮りに〈不幸なる感情〉みたいなものさえ財産としてあるならば、ああいう詩はわりあい簡単に書けるといいますか、書きやすいんだという感じがありますね。だけど、書きやすいと思って書いてみると、なかなか中原中也という人はうまい詩人だということがよくわかるように思うんです。入り方としては基本的な元手さえあれば、ああいう詩は、むずかしくないんだということがありますね。そういうことでこっちへ入ってきたと思うんです。

立原道造の場合にはそうじゃなくて、あの人にも〈不幸なる感情〉というものはあったかもしれないけれど、それはそれほどナマで生活的なものじゃないし、生活をしていくところで否応なしにぶつかってくる〈不幸なる感情〉ではなくて、ひとたび抽象化された意味でそういうものはあるかもしれませんけれども、惹かれていったとすれば、独特な自然みたいなものがあって、そういうところでうまく詩の表現になって出てきているところがあると思うんですけど、やはりそういうところじゃないかなと思うんです。

中原中也の場合は生活過程のなかで、おれは不幸だぞ、不幸だぞ、と叫んでいるその叫び声の背後には、いろんな心理的ニュアンスがあるんでしょうけれども、そういうものはみんな吹き消されてしまって、われは不幸だぞ、不幸だぞ、ということだけがくり返し言われている感じですね。立原道造の場合には、〈不幸なる感情〉はあったかもしれないけれども、それはむしろ非常に微妙な心理的動きみたいに固執していくことで、〈不幸なる感情〉なんてものは全部背後に秘んでしまう。だから、心理的ニュアンスがある意味で単純な自然との交感みたいななかでうまく表現されているみたいなところがあって、そういうところがおそらく立原道造の詩にぼくが惹かれたところだろうと思います。

日本語の特殊性と歪み

栗津　吉本さんはランボオについても書いておられるが、彼についてはどう思われますか？

吉本　小林秀雄の訳でよく読んだ時期があるんですけど、本当はよく知りません。小林秀雄によって濾過されたランボオということで読んだのだと思います。

栗津　『言語にとって美とはなにか』を拝見していますと、議論の大筋としては象徴派の詩論と似たところがある。たとえば、言語の指示表出性と自己表出性という考え方は、たとえば、マラルメが刻苦した言語の問題にまっすぐ通じている。そういう点でもぼくにはたいへん興味があるんだが、書物のなかでは象徴派の議論には触れておられないでしょう。あれは吉本さんとしては実際に象徴派の言葉というものには、日本のいろんな作家ないし詩人の言葉に対して触れるほど、手ざわりとしてはっきり感じとり得ないから、とり得ない素材に立った議論はなし得ないということがあるんですか？

吉本　きっとそうだと思いますね。あまり意識にのぼらないで書いたと思います。

栗津　たとえば、マラルメは言葉のもっている指示性に拠った言葉、指示的なものを一般的に表わした言葉を、ナマな言葉と呼んでいる。一方では自己表出性そのものに即したものを本質的言語と呼んでいる。詩は本質的言語の表現としてあるというところへもっていくわけだけれども、そういうかたちでの詩論ないし言語論には興味はおありですか？

吉本　読めばきっと暗示を受けるところがたくさんあるだろうと思いますけど、必ずしもそういうところが言語を考える場合の元手にはなっていないんです。

栗津　ただ「初期ノート」を拝見してもそうだけど、ヴァレリイをよく読んでおられる感じを受けるんですが……。

吉本　読んだ時期があるんです。翻訳でほとんど読んでいるんじゃないでしょうか。だから、「初期ノート」に、言葉についての感想が出てくるとすればそういうところが多いと思いますね。自分でびっくりしたところがあるんですけど、たとえば自分で「初期ノート」に収録されている言葉の切れっぱしを読んでみると、かなり言語について言っているんですね、自分ではそんなに気づいていなかったんですけど。『言語にとって美とはなにか』を書くときには、まったくといっていいほどそういったことが意識にのぼりませんでしたし、別にそれを参照したというようなこともないんです。むしろ言葉については、時枝誠記さんの考え方に多く学んだと思います。

栗津　「固有時との対話」を読んだ印象では、ヴァレリイの詩論ないし詩作の示唆があったんじゃないかという感じもするんだけど、そういうことはなかったですか？

吉本　ないですね。潜在意識としてあるいはあるのかもしれないけど、ぼく自身意識的に参照したということはないです。それと同じで『共同幻想論』を書く場合に、むこうの構造主義哲学の影響を受けたということもないんです。これから読もうとは思いますけど。

栗津　「固有時との対話」の場合、あれほど執拗に固有時及び自我というものを、ほとんどそれのみを主題にしてお書きになったわけだけれども、ああいう作品は吉本さんとしてはまったく初めてオレがやるんだ、という気持でやられたわけですね。特に誰かからの影響を受けたとか、示唆を受けたということはなかったわけですね。

吉本　なかったです。それから初めてやるんだという意識もなかったんです。もっとネガティブなもので、詩の方法のうえから言っても、しようがない、どうしようもない、こういうふうにでも表現して自分がいまそこを過ぎているところなんだという証しでも立てるよりしようがないという、むしろ非常にネガティブな感じ方でしたね、それは『言語にとって美とはなにか』や『共同幻想論』を書くときとはちょっと違うわけです。そういうものを書くときは、おれはこういうことをやろうとしている、という自覚的な部分がわりあいあります。

栗津　さっき中原中也のことで、八方破れながらもうまい詩人であって、〈不幸なる意識〉というものさえも言葉にしてしまうと言われていた。確かにその通りだと思うんだけれども、同じように〈不幸なる意識〉をもった詩人でも、たとえばヴェルレーヌなんかだと、表現されたものとしての一種の幸福感があるわけですよ。中也の場合は不幸な詩人だし、不幸な詩だと思うんです。立原の場合も同じことが言えて、日本語があゝいうかたちになっていかざるを得ないということになると、やはり日本語のもっている一種の不幸があるんじゃないかという気がするんですよ。

同じようなことが「固有時との対話」についても言えると思うんで、あれを吉本さんがフランス語で書かれれば、あれほど不幸にならなかったんじゃないかという気がする。ヴァレリイが散文詩で書けば、吉本さんがあそこで生きておられたような不幸を、言語そのもののなかでもっとすくいとり得たんじゃないかという印象を受ける。吉本さんがあれをお書きになって、詩的言語としての日本語のもっている、特殊な性質を強く意識されざるを得なかったのではないか。あの場合に吉本さんが強いられた立場と、素材としての日本語という言葉の能力ないし資質というもののかかわり方はどうでしょう？　つまり、日本語はああいう抽象表現にとてもむかない言語だという気がするわけです。

吉本　それは非常に大きな要素としてあったと思うんです。つまり、言葉がこの種の表現にむかないといいますか、どんなにむかせようとしてもどうしてもむかないという問題に突きあったと思うんです。むかないけどむかしちゃうことがそのときできたら、きっと詩は詩なんだというふうに受け入れられる要素が多かったと思うんです。むかないということを押しきるところまではいけませんから、いったいこれは何なんだということが絶えず自分でも疑問だったんです。書いているこれは何なんだということですね。「詩だ」と言いたい願望はあっても、自分のなかにある詩とはこういうものだというイメージにかなわないですし、そうかといって「批評だ」と言っても合致しないし、散文詩でもないという感じもあるし、絶えずそういう疑問を覚えていたと思います。その疑問の根本に何があったかと言えば、どうしても言葉が不自由であるというか、こういうことには使えないのじゃないかということですね。日本語というふうに意識できたかどうかは別として、現に使っていく場合に非常にやりにくいという感じをいつでももっていたと思います。かといって、自分では詩のつもりですから、開拓者的な意識をもっていたわけではありませんし、新たな詩の領域を拡張するんだという積極性をもつ自信もなかったですし、ただ非常に使いにくい。仮りにそれは何なんだ、詩でもない批評でもない散文詩でもないじゃないか、何なんだ、これは、という感じが絶えずつきまといましたね。

粟津　たとえば、ヨーロッパのランボオでもヴェルレーヌでもマラルメでもみんなそうだけれども、まったく抽象的な語彙を詩に使っていても、言葉そのものが一種のペアーとして生々しい肉感をもっているわけですよ。それが詩人の抽象への促しを支えているところが一方ではある。そういう言語のもっているナマな肉感みたいな存在と、それが内部分裂を起こしていく抽象への移行とのあいだのたいへん幸福な予定調和が、少なくともヨーロッパ言語における大詩人たちにはあったという気がするんだけど、そういう予定調和的な幸福は吉本さんの場合にはなかったんじゃないかなあ。

吉本さんは「言語にとって美とはなにか」ということをあれほど執拗にお考えになっている。その場合に、吉本さんはたいへん世界的な立場から考えておられるが、それを日本語を素材として書いておられるわけでしょう。その場合、いまぼくが申しあげたような日本語がもっている特殊な歪みみたいなものを、『言語にとって美とはなにか』のなかでどういうかたちで処理されたのかという気がするんです、「固有時との対話」をお書きになっていま言ったようなことをお感じになったとすれば。

吉本　日本語のもっている歪みというやつを、ぼくは別に歪みというふうに自覚的に扱えたかどうかになると、どうもそうじゃないような気がするんです。歪みと特殊性みたいなものと両方あるわけですけど、歪みの面で言ってしまいますと、たとえば『言語にとって美とはなにか』でよく使った言葉ですが、土俗的なと言うんでしょうか、ごく普通の民衆のおしゃべりのなかに流れている言葉がありますが、そういう言葉が洗練されていく場合に何を失なっていくかと言うと、生活感情を表現した言葉から生活感情そのものが落ちていく。日本語の場合、そういう洗練のされ方をするわけです。そのことは日本語以外の場合でも、たとえばヨーロッパ語でも同じじゃないかと思うんです。洗練された場合、生活感情にまつわるものが言葉の表現から落ちていくかわりに、それを補完する意味で一種の論理的な整合性が言葉の表現として加わっていくことが、ヨーロッパの場合なんかにはあると思うんですよ。

ところが、日本語の場合には洗練されて生活感情にまつわるようなものが消えてしまったあとで、それを補うために論理的な整合性に耐えるように洗練されたものが残っているかというと、決してそうではないんですね。かたちは同じで大衆のなかを話し言葉みたいにして流れてきた言葉を、原形を保存したまま抽象化する過程で、生々しい生活にまつわる感性が落ちていくわけです。だけど、骨格はちっとももとのものと変わらないで洗練される。これはたいていのことに言えると思うんですが、たとえば『梁塵秘抄』なら『梁塵秘抄』みたいなものに結晶するものと、『梁塵秘抄』にあるような民謡とか俗謡みたいなものが、大衆のなかを流れてうたわれてというかたちで残っている俗謡みたいなものとを比べた場合でも、同じことが言えますし、いわゆる御詠歌みたいな仏教的な歌が洗練されていった場合にも同じことが言えて、そのままの骨格を保存して抽象されているだけなんですね。結局、そこのところがいつもおかしいと思ってきたことなんです。おそらくそれが歪みということだと思うんですけれども、そこでは論理性が洗練されたものを補完するということはちっともなくて、ないままに抽象的になって、ナマなものがただ削り落ちているだけで骨格はちゃんと残っている。

栗津　関係の表現にならない。

吉本　そうですね。そういうところをいつも疑問に思いました。論理的に言うと、それはおかしいということにいつでもなるわけです。言葉が洗練されたという場合には、もちろん洗練に伴なう抽象度の高さはあるわけですが、論理の整合性みたいなものがそこに加わるはずじゃないかということになる。それがそうならないのはおかしいわけですよ、だから『言語にとって美とはなにか』を書いていって、あのなかに一種の論理的骨格みたいなものがあるわけですが、その骨格のなかでおかしい、普遍的でないところがあるとすれば、おそらくそういう土俗的なかたちでの詩の表現なら表現が洗練されても、ちっとも論理性をもたない、ナマなものがどんどん落ちていくだけだという過程が確かにあると考えているところがあるわけですけど、そこは理屈に合わないと言われるところかもしれませんね。おそらくそこは日本語のおかしさとか、奇妙さとか、詩の表現や芝居の表現のおかしさ、奇妙さというところに出ているんじゃないかと思うんです。

詩の創造——ゆとりの奪回

栗津　「初期詩篇」中の「残照篇」や「日時計篇」のなかには、都会生活の情景のなかに生々しい肉感をもってのめりこんでいる作品がある。時期的に言うと、あれは「固有時との対話」の原形をお書きになった頃と重なっているわけですね。

吉本　そうですね。

栗津　片方でああいうたいへん抽象的な自我を追求しておられ、片方ではあの詩篇に関する限り、日本の都会の生活のもっている無数の矛盾と歪みと、そのなかにある自我のさまざまな姿とを、一種の苦い欲情をもって書いておられる。そこでいま吉本さんがおっしゃった、日本語のもっている洗練されても論理性が表現として出てこないということの現実的な矛盾が、吉本さんの体系のなかでたいへん露わになってきたんじゃないかという気がぼくにはするんですよ。そういう矛盾そのものが、「転位のための十篇」及びそれ以後の詩篇のなかで、やはり十分把みとられていない、生かされていないという気がする。いろんなかたちで自己を局限しておられる。吉本さんが否応なしに自分の詩の歩みのなかで捨てていかれたもののなかに、いまおっしゃった日本語のもっているいろんな貴重なものが脱け落ちたんじゃないかと思うんです、詩人としては。

吉本　そういう感じ方はわかりますね。

粟津　『古事記』とか『遠野物語』を踏まえて『共同幻想論』をお書きになって、生というものの根本的なかたちを明らかにされていて、片方では「心的現象論」にしろ何にしろ、個人の自我の現象みたいなものの極点に触れようとして書いておられる。これからぼくが詩人としての吉本さんに期待したいのは、そういったものすべてをからだいっぱいにつけて、全部をもういちど詩の世界のなかへ生かしていただけないかということなんです。そういう吉本隆明詩はまだない。

吉本　非常によくわかりますね。いつかそういうものを全部踏まえたうえで詩を書いてみよう、となかなか言えないところがあるんですよ。断言できないということのなかには、さまざまな要因があると思うんです。卑近な要因から崇高な要因にいたるまで、さまざまな理由があると思うんです。自分でもわからないところがありますけど、一般的に言えば芸術、特殊に一分野で言えば詩ですが、そういうものの創造とは何かと考えていきますと、これは感覚的な言い方がいちばんいいんですけど、芸術の創造とか詩の創造というものは、うしろを向くという感じがいつもするわけです。詩について論ずるとか、何かについて論ずるということじゃなくて、詩自体を書くという体験のなかに自分が入っていくということは、う､し､ろ､を向くと言いますか、現実に対して背を向けると言いますか、うしろを向くことなしに芸術とか詩の創造は成り立たないので、創造それ自体にのめり込むことは、うしろを向くことだと思えるんですよ。感覚的にそう思うんです。

詩を書くという問題はゆとりということですね。暇ということじゃなくて、表現しようとする意識が、なにか知らないけれども小さな場所ですが、そこへずっと入っていったところから詩の創造は始まっていくということなんで、あるところへ表現の意識がスッと入っていくという意味の体験は、大なり小なりゆとりということだと思うんですよ。そのゆとりというのは、一日二十四時間として二十時間働いたり生活したりすれば、あと四時間は余裕がもてるという意味でのゆとりじゃないんです。創作する場というのは一種のゆとりなんで、そのゆとりがうまく奪回できないんだと思うんですよ。ゆとりを自分でこれから本当の意味で奪回し得るときがあるのか、そういうゆとりを自分でもてるのかと考えていきますと、あまり可能性がないような気がしてしかたがないんです。

そういうことは青年時代の前期の頃には予想だもしなかったことですよ。一人の生涯を考えてみても、それは詩を書かない普通の生活人でもいいわけですけれども、だんだん余裕はなくなって、錐をもむようにギリギリしてくる感じがあるんですよ。青年時代に比べていまはゆとりがないように思うし、いまと五年前を比べてもやはりいまのほうがゆとりがないような気がするんです。そういうふうに考えていくと、どうもゆとりがもてないんじゃないかという感じがいつでもありますね。だんだんきつくなるとは知らなかった、ということなんですけど、このきつさは非常に大きな要因で、経済的な問題とか物質的な問題とか、いろんな問題がかなりな程度を占めるんではないかと青年時代には思っていましたね。ある程度そういう意味でのゆとりができれば、それに伴なって精神的なゆとりがわりあい見つけやすいんではないかと考えていましたけれども、これはちょっと違ったな、と思っているわけです。だんだんきつくなることはあっても、楽になることはあるまいという感じが強いですね。そういうところで、詩の創造とか芸術の創造ということを言ってみると、ゆとりがだんだんなくなって、なくなったまでくたばってしまうか、あるいは耄碌してしまうかわかりませんけど、そうなる可能性が多いんじゃないかというのがいまの感じ方ですね。だから、再び相当本気な意味で自分が詩の創造に手を染めていくことがあり得るかどうか考えると、いまの感じではどうもそういう可能性はないんじゃないかという気がするわけです。

栗津　いまおっしゃったことで言えば、吉本さんはむしろそのゆとりをなくすようなかたちで考えてこられたわけでしょう。ぼくとしては、ゆとりをなくすかたちで考えつめ追いつめてこられた、そういう自我をすくいとることを期待したいのです。通常の意味でのゆとりがなければ書けないというのはよくわかりましたけど、そういう意味じゃなくゆとりがなくなることで生きてくる自分をも把みとるような詩をぼくは期待するわけです。吉本さんの議論で言えば、個人幻想の世界は逆戻りもできるし、横っちょへもいけるが、共同幻想は一つの方向をもっていて、その両方の関係は逆立である、ということになるわけですが、その逆立関係はスタティックな観念じゃなくて、現実に生きようと思うとゆとりがなくなる世界だと思うんですよ。

ごく初期の吉本さんが宮沢賢治に感じたように世界全体に触れていたいということがあって、また一方ではそれをつくる自分の極点に触れていたいと、両方の極点に同時に手を触れながら表現をしていきたいという渇仰が、吉本さんを強いて導いていった場所だろうという気がぼくにはするわけだけれども、それは当然いまおっしゃった意味でのゆとりがなくなる世界であると思うんです。だけど、そこでやっぱり生き得る詩というものが考えられ得るとぼくは思う。詩を書くことは単にうしろを振りかえることではないようなかたちでの詩的クリエイションを、ぼくはたいへん吉本さんに期待しているし、読みたいわけなんですよ。

書くことと麻薬中毒――ランボオを例として

吉本　これは粟津さんにお聞きするんですが、ランボオが詩をやめて商売をやった、そのときの商売はどういう意味をもつわけですか?　つまり、詩を書くことはいわば麻薬中毒だと比喩するとしますね。ランボオが詩を書いて、それを速やかに通過していってしまって商売をやった場合の商売というのは、もう廃人になったということなのか、それとも、オレは麻薬中毒していたんだ、麻薬だから駄目なんだ、だからやめた、ということなのか、どっちなんでしょう?

粟津　「やめた」というほうでしょうね。

吉本　こんなものはいずれにせよ麻薬中毒だから、不健康だからオレはやめた、ということですね。

栗津　不健康というか、さっき吉本さんがおっしゃっていたことで言えば、自分がたどった言語表現の道は自分のなかから街路も建築も風も失なう道である、ということを非常に極端に感じてしまったんですよ。これは人間が生きるのを助ける道じゃない。むしろそういうことよりも、現実にアフリカで商売をやっていることのほうが手ざわりのあることにさわり得る。自分が落ちこんだこのインパーソナルなものから遡行して、現実にさわりたいということだと思います。

吉本　なるほどね。

栗津　だから、さっき「固有時との対話」について、そういう点からも伺ったわけです。それこそ通常の言語をみがきあげていって論理的な言語になるという筋道をランボオは迅速に超えたわけですよ。論理性そのものが見る間にそれをつくりあげた言語を内側から崩していった、そういう腐蝕力みたいなものを極端にアッという間に感じた人ですね、ランボオは。

吉本　さきほど言いましたように、小林秀雄に濾過されたランボオということなんですけど、小林秀雄の解釈のなかには全面的ではないですが、詩を書いて速やかにそれを通過して商人になったことは、先ほどの比喩で言いますと、麻薬中毒者が中毒の彼方の廃人になる道へ行ったんだと理解させる解釈だとぼくは思うんです。それはロマンチックな解釈ですか？　やはりランボオの場合、廃人になったということではなくて、麻薬中毒はよくねえ、この道にのめりこんだらいけねえ、ということで中毒から逃れて引き返したということなんでしょうか？

栗津　そうだと思いますが、ただ通常の麻薬中毒からさめた男が、かつての自分の中毒時代を振り返って言うような安定した感じはまったくない。常に恐怖とともに語るわけですよ。

吉本　うん、なるほど。

栗津　だから、単なる麻薬というよりも、文学というものの極限に触れてしまったが、それは麻薬であるという二重の恐怖感がある。

吉本　なぜぼくがそういうことを考えたかと言うと、書くということのなかには麻薬中毒みたいなところがあるわけですよ。たとえば、ドストエフスキイの作品に現われたドストエフスキイは麻薬中毒もいいところで、あらゆる書くことにまつわる麻薬性みたいなものを、しこたまたっぷり味わっちゃったみたいな作家であるようなところがあると思うんですよ。

書くことは何か、ということに絶えずひっかかるわけだけれども、その場合に書くことはいずれにしても麻薬中毒なんだと、そうだとすれば麻薬中毒でない状態、つまりいわゆる生活人の状態から、麻薬中毒つまり書くということの世界はどのように離れてしまったのか、どのような位相をもつのかということが、ぼくには絶えずひっかかっているんです。日本の場合、ランボオみたいなかたちで「オレはやめた」となる人もあまり見つけられないし、どうせ麻薬中毒なら、しこたま味わってのめり込むよりしようがない、という世界を表現し得た作家もそんなにいないと思うんです。ただ、書くことのなかには一種の麻薬性があって、その麻薬性は外から見ると別に書いても書かなくても生きていくぶんには変わりないということがあって、特に詩の場合、詩なんて書いてもどうってことない、どっちだっていいことじゃないかという生活人の観点がありますね。だけど、たとえばいったん自分で詩を書くことに入ってしまった人間にとっては、中毒患者でない者からいかに価値少なく無意味なものであると思われても、やめられないという要素があると思うんです。自分が詩を書く体験は他のことに比べると、別様の体験だと思うんですけど、現在ぼくがそういうことで持続しているとすれば、書くこと一般が自分が麻薬中毒にかかって、そこのところで絶えず書くとはどういうことかという疑念をもちながらやっている。ところで、詩を書く体験が書くこと一般とちょっと違うところがあるのは、創造行為という意味が本来的に現われるからだと思うんですけど、それは麻薬中毒のなかでも重症患者じゃないかという比喩を使いますと、いまの現代詩は重症患者とは言えないが、中毒患者には違いない。中毒は外から見ればどうでもいいことだけど、本人にとってはなかなかやめられないという固有の世界がある。しかし、その世界も「書くとはいったい何か」ということで考えますと、それもちょっと疑わしくなる。そういうことをぼくは絶えず反芻しているんですけど、そういうところからいきますと、詩を書くことは麻薬中毒もいいところだという感じがするんですよ。しかし、詩を書いている当人にとっては、誰がなんと言おうとやめられないというものだと思うんです。そういう位相で考えていきますと、詩を書くゆとりとはいったい何なんだ、現在自分がそれを喪失したというのは何なんだ、ということがものすごく疑問でひっかかっているわけです。そんなことがあってランボオのことをお聞きしたんです。

粟津　麻薬中毒もいいとこかもしれないけれども(笑)、吉本さんには書いてほしいですね、あまりあきらめないで。

戦後詩とは何か

栗津則雄
大岡　信

廃墟の青空の記憶

栗津　「戦後詩とは何か」ということなんだけれども、網羅的な話はとてもできないだろうから、思いつくままに話していこう。いつだったかきみは戦後において詩人は、自分たちの過去の文学的遺産の意外な不毛さをたいへん「残酷で清潔」な眼でみてしまった、まるで廃墟をみるようにみてしまった、と書いてたな。あの感じはよくわかるのだけれども、ぼくの場合はちょっと違うんだ。

ということは、ぼくはきみよりちょっと年上のせいもあって、中原中也や、萩原朔太郎やランボーやボードレールなどを戦争中から夢中になって読んでたからね。そういう感銘は、戦後になっても突然なくなってしまうわけじゃない。経験というやつはずっと続いているからね。戦後ただ続きながら刻々に崩れてゆくという奇妙な感じなんだよ。ところが現に書いている詩人、時代の動きに刻々に対応しながら書いている詩人とのかかわりは、ほとんどないも同然だったわけだな。読む機会がないんだよ。だから、戦後になってみたところで、とくに清潔になったという感じは別にしないわけだ。これは、田村隆一とか鮎川信夫とかああいう「荒地」の連中だと、またぼくよりもいくつか年上だろう。彼らは戦争中にすでにモダニズムの詩を書いていて、非常に若いかたちでそのモダニズムの破算を感じたわけでしょう。そういう彼らの「破算」という感じと、それからきみのいう、ある種の「廃墟」みたいな感じと、ぼくの経験とは少しずつ違ってるんだな。ひどく閉じられた、そのくせ、おそろしくなまなましい「読書経験」があって、それが、みるみる亀裂を起こして崩れていくという感じなんだよ。

大岡　それは非常におもしろいと思うのですよ。ぼくも前々からそういう違いを感じることがあった。たとえばぼくだけでなくて、谷川俊太郎とか飯島耕一、岩田宏とか堀川正美——入沢康夫もそういうふうなことが言えると思うのだけれども、とにかくぼくら、だいたい昭和四年から六年くらいまでの生まれの連中がもっている、たとえば「世界」についてのイメージの基盤はというと、「真青《まつさお》な空」であったり「茫漠《ぼうばく》と広がっている海」であったりして、地上の「生活の廃墟」ではないんですね。概していうと「自然の廃墟」というか、廃墟というよりはむしろ、生まれる前の状態そのままのようなものとしての「無色透明な自然」かな……それとからみあって、戦争が負けた日のポカンとした青空の空白の記憶が強く残っていて、そこが出発点になっているということはどうも否定できない気がするわけだ。ところが、いまきみが言ったように、きみの年代の人というのが——詩人で言えばたとえば中村稔だね。中村稔のもっているものというのは、きみがいま言ったことにじつに正確にあてはまっている。

それから、その前の人というと、「荒地」の人たちがいるわけですね。この「荒地」の人びとというのは、「空白」なんてものはまったくなかった、と言い切るところから出発している。つまり戦争に敗れて天下がひっくりかえったと言ったって、それで突然「廃墟」が目の前に広がったなんてことを言うのはおかしい、そんなことはわかりきっていたじゃないか、ということだね。彼らの多くはモダニズムのなかから生まれてきたが、モダニズムというものそのものが、すでに彼らにとっては「廃墟」の経験であったようなところがあった。つまり、こう見てくると、わずか七年ないし十年くらいの年齢差があるにすぎないいくつかの世代にあって、感受性がすでに三つくらいの層に明らかに分かれている。きみの言ったのは当たっている。

粟津 どうもそういうふうに思うね。

大岡 しかしそれがだんだんわかってくるのはかなり年を食ってからであって、はじめのうちはわからないわけですね。たとえばぼくが鮎川信夫の詩論を初めて読んだときには、ぶん殴られたような感じがあって、その次に全面的共感があったわけね。それからだいぶってからだんだん、これは鮎川さんがぼくとは感じ方の基盤が違うということに気がついた。それまでのあいだにずいぶん、経験する年数というものが必要だったわけだし、そういうズレというのが自覚されてきてからやっと、自分なら自分の詩観というものが固まってくるというか、自覚されてくるということもあるわけで、それ以前のところでは非常にごちゃごちゃしてた。ぼくの場合、そのごちゃごちゃしている時代というのが、いわゆる戦後詩の出発点に接した時期でもあったわけですね。そのへんのところが、じつはいろんな人のなかでまだ未整理な部分もあるのではないかという気がしている。

粟津　そうだね、これは、つまり、それぞれが作りあげてきた観念の質の問題なんだな。ぼくも、たとえば田村隆一の作品などを、ずいぶん感心して読んできたけれども、奇妙な異和感があって、それがだんだんはっきりしてきたな。つまり、ああいうふうに自分の観念と世界との切迫した対話を築きあげるには、ぼくの場合は、観念が崩れすぎるところがある。

大岡　うん、うん。

粟津　だけど、崩れていたってあることはあるんでいっさいを御破算にはできない。からりとした自然の廃墟に立ちあうんじゃなくて、執拗に続いている観念の崩壊の現場に立ちあっているわけだよ。そのなかでつくることは非常にむずかしいんで、たとえば中村稔のような詩人は、そういう非常に苦いいやなところから発想しているわけだよ、あれほどスタイルというものに——それもとくにソネットだな……ソネットというようなスタイルに固執するというのは、そういう彼の発想の苦さからきていると思うのだけれどもね。

大岡　なるほどね。それは正確な洞察だと思うな。

年代のズレと感性の「型」

粟津　それに現在の詩壇のいろんな傾向のなかにも、こういう型の違いはやはりあるような気がするのですよ。いろんなふうにね。たとえば若い詩人たちの、ことばのなかに一種のクーデターを起こして、それで意識的に、かつ意志的に無政府状態を突然現存させようという、ああいう試みのなかにも、遠くから見ているようと同じように見えるけれども、そばに寄ってみると「荒地型」と「櫂型」とそれから「中村型」と、あるわけだな。それは、かなり本質的なタイプだという気が近ごろしてきたわけだ。

大岡　ということは、はじめに話に出ていた三種類の別は、いわば年代的な一種のズレのようなもの。それが——たしかにきみがいま言ったのをぼくも非常に同感するところがあるのだけれども——年代的なズレであったものが、同時にあるタイプの違いみたいなものにまで拡大して適用できるようなところがあるわけですよね。

粟津　そういうことだと思う。

大岡　たしかに、たとえば天澤退二郎・岡田隆彦・吉増剛造・長田弘といった、ぼくより五、六歳ないし十歳くらい若い人たちがいるわけだけれども、彼らの書いている詩をみていて、共感をおぼえてもぼくにはどうしてもああいうふうには書けないというものがあるわけですね。

それは、日常経験の差とか、いまきみが言った六〇年安保についてのかかわり方の違いとか、そういうふうなこともあるだろうけれども、同時に、どうも、感性のタイプの違いというものがあるようだ。戦争が終わったときに十二、三歳ないし十四、五歳の年代にいた連中の、ある感受性のタイプというものが、自分に滲み透っていて、その範囲の外側に超え出てゆくことは結局できないのではないか……むしろそういう感受性をいかに洗い出し、つぶつぶにつぶだたせ、それに殉じるか。またそれに殉じることを通して、ことばというものをどこまで十全な充溢感をもって使ってゆけるかということ、そうことにむしろ重要な問題を感じている。

そういうふうにみると、たとえば「何年代の詩人たち」という言い方は、ある意味では当たっていて、ある意味では当たっていない、その両方の面がどうしても出てくるというふうに感じるわけね。言語のクーデターというか、そういうふうなことを起こしうる人びとというのは、それぞれのタイプのなかにたしかにいると思うのだけれども、それぞれが自分の根というものをもっていて、その「根」から遠くまでのびてゆくけれども、もどってくるところはその根っこのほう、あるいは根の周辺のような気がする——もちろんそっくり元通りではないけれども、その往復運動ないしその伸縮運動みたいなもので、ある人の詩の世界は動いているような気がする。

粟津　そうだね……。

大岡　最近、非常にそれを感じている。

粟津　ぼくはたとえば天澤の詩を読んでいると、あそこには、もぐってももぐっても表面に出ちまうというようなね、そういうことに関する、たいへんな苛立ちがあるんだな。どこへいっても表面さ。裏へまわってみても表面になるんだよ。ああいう、もぐればもぐるほど浮き上がってくるというふうな、変な、生活の浮上力みたいなものがあるだろう。

大岡　そう。

粟津　あの浮上力の、たいへん暴虐な、専制的な展開があるんだね。これに苛立って、一行一行に爆弾をしかけるんだな。詩がおもしろいかどうかというのは、この浮上力を、おのれの危機であり特権でもあるものとして、どれくらいはっきり感じているかという点にあるんじゃないか。

大岡　それはたぶん——前にぼくもそういうことでちょっと書いたこともあるのですけれども——いまのきみの比喩で言えば「もぐる」ということが、同時にじつはどんどん表面に、表面にと出ていくことになってしまう、ということは、これはひとつの、非常に現代的な「病《やまい》」と言っていいのではないか。つまり、人間のいわゆる内面世界をえぐるということが——たとえば自然科学のほうでいうと、脳の機構をめちゃくちゃに細かく分解していって最後の粒子をつきとめようとするような動きがあるでしょう。それは一面からすれば、非常に深いところへ入っていくことですね。だけれども、脳なら脳の機構を細かく全部解明できたとして、解明されたものが「深さ」を表わしているかというと、全然そうではない。逆に、いままで「深い」と思われていたものがすべて、目の前に広げられるひとつの表面にすぎなくなってしまう。脳というものが、いわば、風呂敷を広げたみたいにのっぺらぼうになることでもあるわけです。

これは「認識」というものの本質的な問題にかかわると思うのだけれども、とりわけ十九世紀から二十世紀にかけて、深さというものへの「攻撃」だな、そういうものが熱狂的に行なわれたわけですね。たとえば美術のほうでも、立体派なら立体派の絵画というのは、深さというものを追求していったあげくに、すべてを表面に帰してしまったような運動だ。そういうことというのは、全世界的な規模で人類の認識のなかに住み着いた病のような感じで広がっていると思うのですね。

きみの指摘したことも、そういうふうな問題のひとつの表われかな、という気もするわけです。これがどういうふうになってゆくのかということを考えると、いわばいまの流行語で言えば〝白けた〟ような気持ちになってしまうときがあるわけね。だけれど逆にいうと、そこまでいってしまったものはもう元へ戻らないということもあるわけで、たとえば天澤なら天澤がやった仕事というものは、はっきりとひとつの試みとして定着されてしまったわけで、それを元へ戻すことも抹消することもできないわけですよ。つまり、言語の問題というのは一度口に出してしまうと元へ戻らないような恐ろしいものを含んでいるからね。そのところが現代の詩の、いちばん大きな問題であろうという気がする。

栗津　同感だね。だけど、いまでは詩人たちが非常につらいところに追い詰められているような気がするよ。元へ戻らない、つらい事態が起こってしまっている。昔「今日」が「荒地」を批判していたね。〈荒地〉というのは、生つまり〈生活〉というものを非常に狭くみてしまっていて、展開がないし、発展もないし、生き生きとした動きがないというふうな主張でしょう。

そういう主張の根本には、生活とか生とかに関する、信頼が、たいへんな信頼があったと思うのですよ。

大岡　そうだ。あった。

粟津　その生はつまり、戦後の廃墟のなかからカッと開く青空なんだな、そういうものへの信頼がずっと続いている。

大岡　そうそう。

粟津　そういう信頼感というものが、いまの若い世代の詩人たちにはなくなってきているのではないかと思うんだな。もっとなにか、自然も生活も、のっぺらぼうの、奇怪なものになっちまってる。それに自分を開こうと思うのだけれども、開いてみると、言語の自動運動が自分の感受性にべたべたとくっついてきてはがれない。で、これではないという、そういう苛立ちがあるんだね。つまり、きみの言う「青空」と自分のあいだにことばが入り込んできて、それがお互いの直截なかかわりを阻むんだよ。つまり、それらが彼らのなかで内ゲバを起こしている、という感じが非常にするのですよ。

大岡　なるほどね。

粟津　だから彼らがこういう内ゲバにあまり楽天的に身をまかせていると、その作品は構造的にはモダニズムそっくりになることがあるんだな。

大岡　そうね。モダニズムを完全に否定し、あるいは無視するところから出発していても、思わず知らず、そこへ入り込んでいるということもありますね。

栗津　そうなってくると、モダニズムのもっている不安な感受性を引きずり込む力というものは、あまり甘く見るわけにはゆかぬという気もしてくるのだよ。

大岡　なるほど。

生活時間と詩的時間

大岡　これは一般論としては言えないことだろうと思うけれども、天澤君にしても、岡田隆彦、吉増剛造にしても、ぼくは個人的に知っていて親しいわけですが、作品を読んでいても、またしゃべっていても、生活感覚というもののなかで、たとえば「時間」というものについての感覚が、ぼくとは微妙に違うなということは、いつも感じるね。ぼくの場合、日常生活の時間というもの——日常生活の時間というのは、つまり、かりに二十四時間に分けて動いているわれわれの生活時間ですよ、そういうものをアプリオリに承認しているところがあるわけですね。承認しているから、逆にいうと、忘れてしまうところがあるわけね。それはいわば「信頼している」ということであろうと思うのです、日常生活を生きているということをね。

ところが天澤君などの場合は、生活時間とたとえば脳髄の時間とを二元的に分けるということはありえない、というふうに考えているだろうと思うのですね。これはある程度まで世代論的に言えると思うのだけれども、天澤、吉増といった詩人たちは、生活都市に対して徹底的な一元論を貫こうとしている。たとえば、日常の時間と非日常の時間があるというふうな分け方ではなくて、非日常の時間と日常の時間とは同じ根源に接していて、つねに同じ……というよりも、二つに分けて考えるということがまずナンセンスである、という考え方をしているだろうと思う。

だからぼくなどからみると、ずいぶん息苦しいなという感じがすることがある。そういう点では、たとえば中村稔の詩がもっている、日常的な時間のなかで低い姿勢で耐えていくようなところは、ぼくは非常によくわかると思うのです。しかしもう一方で、天澤君などの詩がもっている、そういう一種の……ラディカリズムだろうな——そういうラディカリズムを感覚的にはわからないではないというわけで、たぶんぼく自身両方に裂かれてしまっているところがあるのですね。

栗津 達人になってきたね(笑)。

大岡 しかし、そうは言っても世代論で一気に割り切ることはできなくて、たとえば飯島耕一は非常に親しい友達なので多くの点でよくわかると思うけれども、飯島だって時間の感覚という点で、ぼくとつねに同意できるかどうかということになると、これはまたむずかしい問題ですけれどもね。ただ明らかに、飯島も、生活時間とそれから非生活時間……というか、日常時間と非日常時間というか、そういう時間の二つの使い分けのようなことはやっていると思う。

栗津 なるほどね。

大岡 そういうものが詩のなかでどういうかたちで表われてくるかというと、ぼくの場合には、詩というものが、日常時間とは違う時間のなかにあるものだという、一種の固定観念があると思うのですよ。天澤君などの場合には、それがそうでなくて、詩の時間というものがむしろ日常時間であるという状態をつくりだしてゆくこと、そこに彼の「詩をつくる」ことの意味もあるようなところがあるのではないかしら。吉増剛造の場合もそういうふうなものではないかな。岡田隆彦になると、生活時間のつくる複雑な模様に対する執着が大いにあって、これを包み込みながら、非日常時間と生活時間とを一体化しようとして、たいへんな苦闘をするわけですね。それが彼の場合の、言語の「ゆがみ」というか、そういうものになって出てきている。その「ゆがみ」は、一種のドライブをかけながら詩の運動を動かしていく、一種のエンジンになっているという感じがするのですね。

いずれにせよ、詩的時間と生活時間とのユニティーみたいなものをつねに確保していかなきゃならないという、そういう「熱狂」ね、そういうものが、世代的に言えば、ぼくらの世代にはあまりないということは言えると思う。現実の事物なら事物をみるまなざしでも、その現実の事物が浸かっている時間というものを基準にして考えれば、「もの」のもっている時間と自分の時間とは違う、という認識ね、そういう多元的な時間感覚が、ぼくらにはわりあいはっきりとあると思うのです。

粟津　それが非常に意識化されてくると、たとえば入沢康夫の「擬物語詩」という方法になってくる。

大岡　そうそう。

ことばの凝縮力と拡散力

粟津　それからそれが過去に広がってくると、安東次男の伝統詩との、ああいうかたちの関わりになるわけだね。

大岡　そうです。

粟津　あの二つの方法というのは、戦後の詩のきわめて本質的な課題に関する、じつに見事な解答の試みだと思うのです。安東の『六月のみどりの夜わ』（一九五〇年）から『CALENDRIER（カランドリエ）』（一九六〇年）に至る歩みについては、篠田一士と飯島耕一の論争があったね。

大岡　安東次男における変化という問題は非常におもしろい問題だと思うんですよ。じつはぼくには、まだよくわからないところがあるんです。というのは、安東さんが『六月のみどりの夜わ』という詩集で展開しつつあったいくつかの試みがあって、そのなかのひとつは、ことばというものを遠くへ飛ばすということをやっているわけです。それがその後どういうふうになっているかということが、現在の、つまり『CALENDRIER（カランドリエ）』以後の安東次男の場合には、まだ安東さん自身にもよく解答が出ていない問題ではないかという気がする。『六月のみどりの夜わ』で現代日本語のぬめぬめした部分、また変に伸びやかな部分、そういうところを意識的に利用しながら、ながい詩を書いてみたり、あるいはちょっとくずれた俗語ふうの言い方をしてみようとしたり、それから助詞の「何々は」というのを「は」でなくて「わ」を書いてみたりということをやっているでしょう。

あれはやはり、印象的な感じ方として言えば、現代口語の、くねくねとうねっていく変な「ぬめり」みたいなものね、それを非常に意識的に使おうとしたのじゃないの？　それは、それ以前に彼がやっていた俳句の世界から対極へ向かっての飛躍でもあったと思うのですよ。『CALENDRIER（カランドリエ）』以後の安東さんの詩では、その部分がどういうふうに彼のなかで受け継がれて生きているかということについて、実作の面でよくわからない面がある。

栗津　なるほど。

大岡　彼が蕪村とか芭蕉を通じて古典詩の世界へ入っていったのはそれ以前からではあるけれども、「古典というものを論じることがすなわち、おれ自身の詩である」というふうな言い方をするところまでいったきっかけに何があったのかな。現代語の問題との関連で、ぼくにはそこにちょっと「よく見えない」ところがあるのですよ。

だからあの論争で言えば、篠田一士、飯島耕一が対立し、そのあとで栗津則雄がまた加わったというかたちになっているわけだけれども、ぼくは、飯島が提出した疑問というのは簡単に否定できない疑問だという気がしている。安東さん自身、ほんとうは現代口語で「形」をもった詩を書きたいという気持ちが、ずっとあると思うのだけれどもね、

栗津　それは「形」だな。形に関する意識が非常に強いからね。

大岡　いまのところ『CALENDRIER（カランドリエ）』とか『人それを呼んで反歌という』

（一九六六年）とか、ああいう詩のなかで安東次男が現代日本語というものを、とにかくひとつずつ洗い出しながら形にはめていったという意味ではたいへんな仕事だと思うのですが、そこで漏れ落ちてしまったものね、それを考える。安東次男のなかには、やはりそういうぬめぬめしたものへの好みがあるはずなのです。

蕪村の『春風馬堤曲』のなかに、淀川を女の裸体にみたてるという――これは小林市太郎さんなどがすでにそういうことを書いていたようなのですが、いずれにしても、そういうものに非常に関心をもってゆくということは、明らかに安東次男のなかに、「形」を破っていく要素をもった、一種のリビドーみたいなものがあるはずなのですよ。そういうリビドーをどういうふうに処理しているか……。

粟津　そこから、彼の「エッセイが詩だ」という考えも出てくるのだろうね。

大岡　そうなんです。

粟津　たしかに『CALENDRIER（カランドリエ）』以後の彼の詩にはたいへんせっかちなところがあるというか自分の生理をひどく痛めつけているようなところがあるね。『六月のみどりの夜わ』で展開した、そのぬめぬめしたことばの拡散力みたいなものね。ことばがことばを呼んで、限りなくのびていくあの生理的な増殖運動みたいなものは、容易にとどまるものじゃない。あれはたとえば小熊秀雄などにあった発言衝動とも違うんだね。もっと刻々に「私」が消えていくようなものなんだな。小熊の場合は、小熊という個性の刻印がいつもあるけれども、安東の場合は、世界全体が蠕動を続けるような感じだ。これが彼に対してある種の恐怖を与えたのではないかという気がするんだ。あれは先取りする人ですからね。

大岡　そう。

粟津　そうするとこれはまた、極端に凝縮するんですよ。

大岡　そうね。安東次男は非常に極端なタイプだからね。

粟津　だから『CALENDRIER（カランドリエ）』の「或る静物」だって、こんどの『人それを呼んで反歌という』という詩でも、凝縮力がちょっと強すぎるな。

大岡　それはぼくも感じる。読んでみて、ちょっと捉えかねるところがあるんだな。凝縮した詩の周辺にある空間の質が、ちょっとぼくには捉えがたいような沈黙を生み出している。安東次男があまり緊密にことばを締め上げすぎてしまって、そのためにことばが、ある場合に息ができなくなる……。

粟津　そうそう、自由感がないんだな。ところが批評文の場合は、いま言った蕪村にせよ、芭蕉にせよ、彼の連想力の広がり方というのは、そういう窮屈さがないだろう？

大岡　そうなんだ。

粟津　だからと言ってこういう「エッセーが彼の詩だ」というのも、これをそのままとってしまうと、現代詩語としては困ったことになるのですよ。

大岡　そう。そのことはまた、安東次男が――昭和十年代の詩心ある青年が「詩」を考えたときには、三好達治とか立原道造とかではなくて、小林秀雄であり、保田與重郎であったという、あの有名な指摘をしたことにもつながっていくことだと思うけれどね。やはり安東さんには、一方ではそういうことがいつでもあって「批評文のなかにはむしろ詩がある。それは日本の、近代文学の宿命ではないか」という観察があるのではないかという気もするのですがね。

栗津 ちょっと宿命観めいているな。

大岡 そのことについては、前にぼくはちょっと書いたことがあるんだ。つまり安東次男のいうような青年もいたにちがいないけれど、別の詩青年もいて、そういう人は、小林にも保田にも打ち込まず、むしろモダニズムの詩を読み、作っていたわけですよ、鮎川信夫をはじめとしてね。

根の生え方——読書経験

大岡 これは話を非常に大ざっぱに分けてしまって言っているわけですが、ぼくが言いたかったのは、日本の大学における学科目の区別というものが果たした、日本の現代詩における役割みたいなものね、これは笑い話めいているけれども、かなりおもしろい問題だと思うのですよ。大学というものが、とくに各学科目ではっきりと分かれていってしまって、そして専門化していった——これは昭和になってからがとくにそうだと思うのだけれども——そういう大学教育における一種の専門別みたいなものが進行する過程で青年たちの読む——とくに詩の好きな青年たちが読む——筆者というものが、みんな別々になってしまったのではないか。小林秀雄を読む人は英文学なんかに興味示さないし、英文学でわりあい大人の文学を読んだと思っている連中は、フランス文学なんかあほくさくて読めやしないとか、そういうふうに思っている人がわりあいいたのではないかという感じがする。

もちろんこれは大ざっぱな意見で、たとえば鮎川信夫にはトーマス・マンが非常に強く入っているようだし、他の「荒地」の人たち、三好豊一郎や黒田三郎がボードレールやヴァレリーを読んだということは重要な意味をもっているだろうけれども。

粟津　北村太郎もそうだね。

大岡　そうです。まあ一般的に言うと、どうもモダニズムの詩を読む人は小林秀雄とか三好達治とか、中原中也、立原道造には、読まない前から反発を感じてしまうとか、そういうふうなことがあって、これは案外、ばかにならない現象のような気もするのですがね。

粟津　きみがそれを書いたあとで、安東次男に会ったら、彼はなんとなく虚を衝かれたような顔して（笑）、そう言われればそうかな、というようなことを言っていたよ。

大岡　それは、ぼくが国文学科出身であるということが、これはまたそういうことを感じるひとつの原因でもあると思うのですね。ということは、国文科にいながらぼくの場合には、「あんた、仏文ですか」とか「英文ですか」というふうによく言われたような、いわば群れから取り残されてしまっていたような立場にいたから、それでなにか、そういうことがとっても奇妙にみえてしまったわけね。英文学をやっている人は仏文とか独文のことに全然関心なさそうだし、独文やっている人はまったく英文のことに関心なさそうだし、というふうなそういうことがなにか奇妙にみえた。ぼく自身の場合、大学のときに好きで読んだのは、エリオットの詩やロレンスの手紙とか小説、ハックスレーやジョイス——もちろんフランスの現代詩は別として——、そういうものをわりと読んでいた。ハーバート・リードの文章も好きで、まあ大学の生協にはいってくる「ペンギン・ブックス」だね、だいたいは。あれしか買えなかったから。それではいってくるものをだいたい読んでいたわけです。イヴリン・ウォーなんかもね。そのうちだんだん、「丸善」などに自由にフランスの本がくるようになってから、ときどき「丸善」に行って金ためちゃ買って読んでいたという関係で英文学についての関心はわりあいあったわけね。

そういう目でみると、仏文の人は仏文の専門分野みたいなものをみんなやっている、英文の人は英文学一本というふうなのが、なにかおかしな感じにみえたということがあるわけです。

粟津　そういう意味では、モダニズム系で一見ありながら、そういう分野とまったく無縁な顔しているのは、吉岡実だね。

大岡　そうだ。

粟津　あの人は戦後の詩におけるたいへんな傑物だよ。

大岡　うん。

粟津　彼、どっちでもないでしょ?

大岡　どっちでもない。吉岡実の話が出たんで、こういうことを前々から感じていたんだ——吉岡もそうだし、それから谷川俊太郎がそうなのだけれども、大学へ行ってないわけですよ。

その、大学へ行ってない詩人のもっている「よさ」というものが、あの二人にとてもあると思う。

粟津 なるほど。

大岡 吉岡の場合には、江戸の職人の家ですよね。そういうところで育ってきて、俳句にまず惹かれ、北原白秋の短歌や佐藤春夫の詩で感受性をまず鍛えてしまったわけですね。その俳句というのが、彼の場合には新興俳句なわけで、つまり現代詩とある意味で共通する部分をもっている、そういう世界の俳句ですよね。

北原白秋の「桐の花」の影響を少年時代に受けたことは、少年時代の吉岡の数十首の短歌に歴然としているのだけども、そういう過程で彼の感受性のなかに育ったものは、ハイカラで、しかも伝統的なものなのだね。それが基盤になっていて、そのうえへ北園克衛の影響などがのっかったわけね。だから、根の生え方がおもしろいはえ方をしているという感じだ。

粟津 そうだね。そういう点から言えば、日本のモダニズムで本質的にないのは、もしかしたら職人性ですよ。

大岡 職人性がないのです。それはほんとにそう。いつか田村隆一が酔っぱらってぼくのうちへやってきて話していたことで非常におもしろいと思ったのは、彼が「モダニズムは〈目〉だ」というのですよ。それから「茂吉と虚子のような作品は、あれは〈舌〉だ」という。「味覚だ」というのです。で、「味覚は三代かかる」というのです。

粟津 なるほど。

大岡　「目は一代でできる」といううんだな。「じゃ、田村隆一はモダニズムを見捨てて虚子や茂吉におもむくのか」というふうに聞いたら、「いや、おれは死ぬまで〈目〉でいく。モダニズムというのは一代だから悲壮なんだ。おれはその運命に殉ずるぞ」というようなことを叫んだのです。あとで彼に言ったら、そんなことを俺は言った覚えはないぞと言ってたけれどもね。

この比喩は非常におもしろいと思うのですよ。モダニズムというのは、ほんとに「目の文学」という感じがありますね。視力がよくなるということは、ある意味で、一代でできることでね。ところが味覚みたいに、尺度がよくわからないものというか……目だと色盲というのはわりあい見分けがつくけれども、味盲というのは非常に見分けがつきにくいですよね。そういうのとなにか似ていて……そういう問題もあるような気がしますがね。

粟津　大岡なんていうのは――きみは、そうすると二代目か……。

大岡　「耳」か……(笑)。

粟津　きみの詩には、ハーモニーの安定があるよ。耳は目よりはるかに強くそういう安定をききわけるし、求めるものだ。やはり少年時代に感じ取ったものとか、さっききみも言ったけれども、読書経験とか、そういうものが作り出していく、ひとつの……形だなあ――人間の「形」みたいなものは、これは動かしがたいような支配力を一生もっているような気がするけれどもね。

詩語の重層性の獲得

粟津　そうだね。……たとえばさっき名前の出た入沢の場合はどういう「形」があったのかしらね。ぼくは戦後にならなければ、あれほど意識に意識を重ねて、考えに考えを重ねた試みというのはみられなかったと思う。これは、日本の詩語があれだけの意識的な試みというものに耐えうるだけの、重層性を獲得したことでもある。モダニズムの詩には、そういうものがないんだからね。

大岡　そう。

粟津　まったくないんだ。そういう意味での重層性が。非常に素朴なのですよ、モダニズムというのは。発想の出発点が。

大岡　ほんとに……。重層的ではなくて、あるひとつの表面を作っていくということね。

粟津　だから、表面が表面であるということを意識しないでできてしまっている表面というところがあるな。

ただ、入沢のもっている、工夫に工夫を重ねて発言者としての詩人を一種のインパーソナルなものに変えてゆこうというモチーフと、それから天澤などがやっているような、そういう工夫よりも前にインパーソナルなものは強いられた宿命だというふうな、ああいう一種の、居直ってしまったようなね……、妙なものとはちょっと違うのだな。その違い方という点が、ぼくは非常におもしろいのだけれどもね。

大岡　違うね。ところで、入沢君の評論にしても、それから天澤君でも、ときどきそういうことを感じたけれども、評論のほうが固いでしょう。

粟津　固い。

大岡　あれはおもしろいことだと思いますね。入沢君が評論のなかで詩の構造について語っているようなとき、そこで語られている非常に論理的な説明からのがれるものが、実作の詩のなかに非常にあって——それはだから、詩にとっては名誉であるわけだけれども、あれだけ詩を厳密につくりながら自由な空間を生み出していく人が、評論を書くとわりあいポソポソとしたところがあるというのは、これは非常におもしろい現象でね。

粟津　そうですね。それは安東次男と逆になってしまうんだ、その面では。

大岡　そうなんだ。だからどうなのだろう。タイプとしてどっちが感覚的かということを言うと、安東さんの方が感覚的なのかな。

粟津　それは感覚的だ、やたらすごんでいるだけでね。そういう点ではあれは素朴な人だもの(笑)。

大岡　入沢康夫とか谷川俊太郎などは、詩のなかでいわばエンジニアになっている部分があるわけね。実際に、たとえば生活面でも、谷川俊太郎は昔、「おれは電気の技師になりたかった」ということを言っていたことがある。入沢康夫も、オーディオのほうでは、自分でステレオなんかを組み立てて聞くらしいけれども。
栗津　それを聞くと、大岡なんかすぐまいるからね。
大岡　まいっちゃうんだ、ぼくは素朴感覚派だからさ。
栗津　ぼくだって、オーディオのほうじゃ相当なものだぞ。
大岡　栗津もどうもね……。それほど手が器用な人とは思えないから……。
　入沢、谷川などは、なにかそういうエンジニア的清潔さみたいなものが非常にあると思うのですよ、ことばとのつきあい方でもね。
栗津　ありますね。
大岡　それは、ぼくは非常におもしろいと思うな。その点は、天澤などは違うのですよ。天澤は器械なんかについてはまったく弱いわけで。
栗津　そうそう。
大岡　そのへんに、天澤退二郎の、ことばならことばにのめり込んでいく姿勢が非常にラディカルになってゆくひとつの原因もあると思うのですがね。
栗津　そう。

詩における感傷性の問題

栗津　戦後、ぼくは最初、谷川の詩を読んだときに、なんというか……電池をなめると変な味がするだろう？（笑）

大岡　うん。

栗津　あんな感じがしたからね、詩を読んで（笑）。これはね、ぼくのまったく知らない、まったく新しい若者だという……つまり、戦後だからぼくは二十歳を過ぎたばっかりですよ。二十歳を過ぎたばっかりで年下を感ずるというのはやっぱり苦いことですよ。

大岡　谷川の作品が「文學界」に三好さんの文章といっしょに、はじめて何篇か載ったことがあって、それを本屋で立ち読みして「ああ、ずいぶんおれとは違うやつが出てきたな」と思ったね。おない年であるということがわかったので「ウーン……」と思って感心しちゃったものね。それはひと口に言えば——粟津にしてもぼくにしてもそうだと思うのだけれども——詩というものとセンチメンタリティ、感傷性というものがどこかでつながっていたわけですよ。

栗津　そういうことがあるんだな。

大岡　ところがね、谷川の詩ははじめから感傷性と切れているのです。これはやはり新しいタイプの詩人の出現だと思うのですね。入沢康夫の詩も感傷性がないですよ。

粟津　ないねえ。ほんとうにないね。

大岡　感傷性がないということで言えば、そういう人びとがぼくにはとても興味があった、出てきたときに。入沢康夫の『倖せそれとも不倖せ』（一九五五年）が出たときに、谷川が非常におもしろがっていた。それ以後の二人の展開のしかたはずいぶん違うところがあると思うけれども、少なくとも『倖せそれとも不倖せ』という詩集が出た当時、――あれはじつにおもしろい詩集だったけれども、谷川が「おもしろい、いい詩だ、いい詩だ」と言っていたのが、ぼくには非常に印象的だった。やはり、二人が一見違っているようにみえてじつは非常に近いということ。

　感傷性ということはたいへん大きな、日本の近代詩の伝統だと思うのですよ。これは島崎藤村以来ずうっとそうで、たとえば吉本隆明の詩でも、清岡卓行の詩でも、感傷性というものが非常に豊かにあって、そういうもののもつ、くだものの汁のミックスされた情緒のようなものがいろいろあると思うのですけれども、入沢康夫とか谷川俊太郎の場合には、受け入れる人ははじめから受け入れ、受け入れない人ははじめから受け入れないみたいなところがあるんじゃないですか。

粟津　ありますね。ただ、きみが名前を挙げた吉本隆明も清岡卓行も、感傷性に根ざしそれを必須の養分としていながらも、両者とも一方では感傷性を乗り越えてもいるからね。

大岡　そうそう。

粟津　その乗り越えた結果が清岡の場合は「日常」だし、吉本の場合はいわば「異数の世界」

だけれども、これは感傷性がなくなるわけじゃない。生かしながらの変質作用だね。

大岡　そうなんですよ。感傷の文学というもの――ロマン派以後は、それは近代文学の主流みたいなものでしょ、ある意味では。そういうことはあるのですけれども、とくに日本の近代文学の場合に、これはひとつには詩人たちの出身……というか、つまり、はじめから敗北している（生活的にもね）そういうところから出発するということが、ひとつの伝統みたいなかたちになってしまっている。そういうことも大きな問題としてあると思うのです。どういうわけでそういうふうになったかということまで考えなくても、その現象をとらえて言ってみても、感傷性のあるかないかで日本の詩人の二つのタイプを分けることができるような気がするのですよ。西脇順三郎なども初期から感傷性がないわけでね。瀧口修造もね。

粟津　ない。ほんとにないな。そうすると、西脇、入沢、谷川などというのは、非感傷文学の系列かな。

大岡　そうね。系列としてはぼくはそれはそういう系列がひとつあると思う。ところが、たとえば飯島耕一など、感傷性がありそうできっぱり切れているところがあって、そういうおもしろさがあるわけですね。ぼくらの年代の詩人には、谷川、入沢的な人がいる一方で、こういう人もわりあいいると思う。

粟津　川崎洋だってそうでしょ。

大岡　川崎君もそうだし、堀川正美も岩田宏もそういう感じがある。少し若い人では、三木卓や長田弘などね。

川崎君の最初に出した『はくちょう』(一九五五年)なんていう詩集はね、一見、感傷性べたべたみたいに人はみるかもしれないけれども、よく読んでみれば全然そんなことなくて、じつに感傷性から切れているところがあるんです。

それはそこへゆくと年代の問題がひとつあるかもしれないけれども、昭和五、六年前後生まれの連中が中学の三、四年ぐらいで戦争に負けたということ、それがちょうど思春期にはいっていたということが重なりあって、はじめから感傷性をしめ殺してしまったみたいなところがあるかもしれなくて——ぼくには、だから感傷性という問題が自分では気になる問題としてあるわけです。それはひとつは、読書経験があると思う。最初に与えられるというか、偶然、目の前に現われてしまった詩集が、たとえば佐藤春夫であったり、中原中也であったり、立原道造であったり、三好達治であったりということがあったのかもしれないのです。

ところが、谷川俊太郎が前に話していたのは、ぼくの記憶では、岩佐東一郎が好きだったと言っていた。モダニズムの詩人だね。

粟津 なるほどね。

大岡 そこのところでも、読書経験の違いというのは、なかなかばかにならない違いなんだね。

粟津 それは違いますね。

大岡 ぼくなんか、その点ではきみの読書経験につながっている面が非常にあると思うのですね。

同時に、まだきみより三歳ぐらい若い程度の違いだけれども、目の前に現われた「荒地」とかそういう詩がはじめて目の前に出てきた――つまり、こちらは処女としてぶつかってしまったみたいなところがあってそういうものにもパッと開かれてしまったところがある。その両方が自分のなかで交錯して、そのままずうっと……交錯すること自体が、ひとつの構造をつくってしまったみたいなところがあってね。

栗津　なるほどね。

「歴程」グループ・「列島」グループその他

大岡　ぼくは「歴程」グループで非常におもしろいと思うのは、いま、人数百人近くいるわけでしょ。で、そのメンバーのヴァライエティが非常に多様だということね。それはひとつ大きな特徴で……。「歴程」のグループというと昔よく「フォービズム」だと言われた――なんでフォービスムというのか、ぼくはよくわからないところがあるのだけれども、要するに野獣派みたいな感じでとらえられていて、それは言い換えると「知性」というものとは対立するというふうな一種の通念があったわけですね。それはぼくにはまったく誤りとしか思えない。戦前の「歴程」派でさえそういう規定はまったく当てはまらないと思うのですけれども、現在はますますそうなんで。

栗津　戦後においてはぼくだってそうだからね。

大岡　そうだ、粟津則雄が入っているわけですからね。山本太郎、那珂太郎、安西均、宗左近、入沢康夫といった人びとがいっしょにいて、さらに田村隆一、黒田三郎、中桐雅夫というような旧「荒地」の人たちもはいっている。そういう意味では非常にこう……単一には評価ができないグループだと思うのですが、全体としていうと、詩というものを感傷性でとらえるというふうなところから抜け出しながら、しかもモダニズム的な方向にゆかない……というか、そういうふうに感じるな。「歴程」の原点みたいなものを探ってゆけば、認識としての詩というか、そういうものを考えている人が多いような気がする。

粟津　そうですね。それは個人として言えば、山本太郎なんていう人も、これはちょっとみると、まさしくフォーヴの象徴みたいな顔をしているけれども、そうじゃないんだな。

大岡　そうじゃない。

粟津　あの人の場合にも、出発点においていわゆるフォーヴ的な、直截的な主観の爆発というものをこわされてしまったところから詩がはじまっていますからね。

大岡　そうなんだ。

粟津　それはそうだし、宗左近の場合でも、最初に通常の人間存在としての自分の存立が危機に瀕するというふうな非常につらい経験があって、そういう経験を二十年間あったためていてやっと書くというふうな、方法論に関する非常に持続的な追究というのがありますよ。それでなおかつ「歴程」に関する、きみがさっき言ったような、ある種の通念があるというのは奇怪《きっかい》なことでね。

大岡　それはやはり「歴程」祭りなどのイメージかな。粟津則雄が舞台に出てきたりするからいけないのじゃないかという気もするけれども……（笑）。

粟津　ぼくのは名演だったでしょう？

大岡　いや、名演だと言っているのは粟津自身だけで、ほかのほうからあまりその声は聞こえてこないようだけどね（笑）。

粟津　あとでいろんな劇団からスカウトがくるんじゃないかと思って待ってたんだ、ぼくは。全然現われない（笑）。

大岡　まあ、草野心平さんが年長の詩人のなかではいちばん「歴程」の活動的なメンバーだということは言うまでもないわけですけれども、心平さんの人柄のもっているものというのが、やはりいろんな放射状態で感じとられるわけですよ。

粟津　ありますね。

大岡　心平さんという人は非常に知的な人だということが言えると思うのだけれども、もう一方でそういう知的な部分を詩のなかでは決して出すまいとする「決意」みたいなものがあるように思うし、また一種のダイナモみたいに、うなって回転してゆくこと自体に「詩の中心」をみているようなところがあるだろうと思うし。そのダイナモの内部構造は、だからけっして単純ではなくて、精密なもののように思うのです。

粟津　まったく賛成です。

ところで、戦後の左翼および左翼系の詩の性格のひとつはたいへん方法論的な点だね。黒田喜夫にしたって、長谷川龍生にしたって——「列島」なんかそうなのだけれども、極端なほど方法意識があるでしょう。むしろ「荒地」以上に。

大岡　そうなんです。それはぼくも非常におもしろいと思って、前に『蕩児の家系』（一九六九年）のなかでも書いたのだけれども、一見すると「荒地」の人びとの方がずっと方法論的な感じがあるわけね。ところが、実際に雑誌にあたってみると「荒地」の人たちが出していた雑誌には、詩の方法論……というよりも詩作方法論だな。詩作方法論というのはまるでない——もちろん加島祥造さんなんかがイメジャリーとかメタファーとか、そういうふうな問題について論文を書いていることはあるけれども、実作者たちが「俺の詩作の方法論はこうだ」というようなことで書いているということは、まるでないわけですよ。そういうことについては非常に羞恥心が強いわけですね。

一方「列島」の人たちは——たとえば関根弘の場合が典型的だけれども——「おれはこういうプランでこれからこういうプログラムをたててやるぞ」というふうなことを先にまず言って、それでそのプログラムで曲がりなりにも詩を書いていくということをやっているわけですよ。

これは非常におもしろいな。ただ、関根弘の場合に、たとえば「夢」なら「夢」ということを言う、それからシュルレアリスムの詩の「無意識」というような問題を、プロレタリア詩のリアリズムと結びつける——そこにアヴァンギャルドの方法を見いだそうとしている。しかし、そういう意欲が実作として結実した場合に、詩として必ずしも成功しなかった面があると思う。それはもうひとつの大きな問題だと思うのですね。関根弘の場合に成功した詩というのは、むしろそういう方法論から彼が思いきりよく離れてしまったようなときに成功しているわけです。

栗津 そうなんですよ。だから、長谷川龍生だって黒田喜夫だって、やっぱりちょっと離れたところで書いている人ですからね。

大岡 そうそう。だから「列島」系の人で分厚い「実体」と呼べるものをことばのなかで作りだしえた人……というか、そういう人の場合、方法論と作品とのあいだの結びつきの問題はなかなか複雑だね。

栗津 そうそう。谷川雁なんかその系列かい?

大岡 いや、谷川雁さんは「列島」とはちょっと違う。むしろ九州で出していた「母音」。これまたおもしろくて、安西均がいたり松永伍一がいたり川崎洋がいたり、というふうで――九州で出していたからいろんな人がいたのでしょうね。丸山豊さんなんかもそうじゃないかな。

栗津 だから、たとえば関根弘が「松川事件だとかメーデー事件だとか、ああいう派手な事件ではなくて、もっと〈静かなる惨劇〉を書くべきだ」と言っていたでしょう。

大岡 「狼が来た」という論争ね。

栗津 ええ、「狼論争」の出発点になったエッセイだけれどね。そういうものは、ぼくは関根弘自身の実作では書けていないという気がするのですよ。

大岡 そうですね。

栗津 彼の議論はよくわかるのだけれども、それを書いているのは長谷川龍生だとか、それから「列島」とは関係ないけれども、たとえば会田綱雄だとか――あの人のもっているのはちょっと古い木版画みたいな……。

大岡　そうだな、会田さんの詩はね。

粟津　非常に強くて、簡潔で、それで残酷な。やさしくてさ。そういう詩風っていうのは、やはり戦後における……。

大岡　あ、そうだ。新しい……。

粟津　いま言ったような〈静かなる惨劇〉のたいへん新しい表現ですね。

大岡　そう、そうそう。それは前にぼくは「国文学」で書いたことがあるのですが、戦後の詩のそういう「残酷」のイメージみたいなものね。それは吉岡実と会田綱雄の例をあげて書いたのだけれども、なにかこれは戦前の日本の詩になかったものですよ。

粟津　ないですね。

大岡　思想的な連関で言えば、戦後の実存主義というようなものを人はもち出すかもしれないけれども、そんなもんじゃなくて、もっと違う、もっと裸な目でみたものをそのまま、ひとつの詩に高めてしまったみたいなところがある。

粟津　「残酷」ということがみえてきたのは戦後ですよ。

大岡　戦後ですね。

粟津　そういうふうに、構造的にも、発想的にも、意識的になっている。もういやおうなくさめてしまっている、というところがある。

大岡　そうです。それは吉岡とか会田とか、そういう詩人たちだけではなくて、戦後詩人の、非常に本質的な意味での特徴だと思う。

粟津　そうですね。

大岡　これはいろんなタイプの非常にやさしい抒情詩を書く人でも、やはりそういう「さめた目」というのがどこかにある。でないと、いい詩が書けないというぐらいなものだな。

粟津　それが、戦後詩のいちばん出発点であって、かつ本質的な特質でしょうかね。

大岡　そういうふうな気がしますね。

言語と想像力の危機

粟津則雄
渋沢孝輔

――ここ数年来、詩に限らず、文学の混迷化現象が続いていると言われます。その原因をたどっていくと、現代の詩がおかれている複雑さと、これから詩が切りひらくであろう可能性とが見出されてくるのではないかと思われます。そこで、読売新聞で二年間詩壇時評を担当してこられた粟津さん、東京新聞で詩壇時評を書かれた渋沢さんにお集まり願って、詩の混迷化、詩的想像力の腐蝕化、言語の解体化、詩人相互の違和化などに思いをめぐらし、七二年への視点をさぐっていただきたい、と思うわけです。

混迷化現象の奇体な浮力

渋沢　七二年への視点ということですが、ぼくにしろ粟津さんにしろ、たとえばボードレールとかランボオなんかからはじめて、だいたい文学だの詩だのがある意味で破裂したところから出発しているわけだから、もともと方向などというものが出発点においてなかったような気がするんです。破裂したあとに、なんとなく沈澱して残った、あまり冴えないものをたぐりながら、批評を書いたり詩を書いたりしてきたということなんで、とくに新年号の視点をさぐる対談だからと言って、景気のいいことは語れないほうなんだな。粟津さんをまきぞえにしては悪いかもしれないけど、ぼくとしてはそんな感じがする。ただ、方向が出てくるとすれば、沈みきったところにひょっとしたら逆転のボードがあるかもしれない。それがあれば方向も出てくるかもしれない、という程度の消極的なことしかまずは言えないな。文学の混迷化現象がいまみられるということですが、ぼくの感じではここ数年にはじまったことではないんで、明治の新体詩以来、混迷のしっぱなし、それから一方では、ぼくらの読書経験に即して言えば、ボードレールやランボオからしてそうだったし、そこからつづいている現象がいまだにぼくのなかに流れている、そんな感じですね。ただ、それと六〇年代なり七〇年代なりのみじかい期間での混迷化現象というものが、具体的にどうかかわりあっているかということは、もうひとつ考えてみなくてはならない。それが多少ともはっきりすれば、話の糸口がでてくるかもしれない。どうでしょう、この数年の混迷化現象なるものは、たしかに文壇のほうでもそういうことは言われているし、自分の感性としても、どうしたらいいかわからないという感じはあるんですが。

——これはなんのせいなんですかね。

粟津　なんのせいかしらね。いまに始まったことじゃないって気もするけど、いったいそんなものはあったのかということ自体が混迷しているよ。何を混迷化というかということ自体が混迷しているよ。

渋沢　だから本質的な意味で言えばそんなものはないだろうし、小さく限っても、たとえば明治以後とかボードレール以後とかつづいている混迷のなかにつかっているという感じなんでね。それ以外の各年代の混迷というものは、それだけを切り離したかたちでは、あまりピンとこないところがある。

粟津　ただね、あなたが言っている混迷という言い方と、最近、混迷化現象がみられる、という言い方との間には質の違いがある、という一般通念があるわけでしょう。それと関係あるかどうかわからないが、ぼくはここ二年来ある新聞の時評を書いてきて、そのせいでざっと数えて三百冊くらいの詩集を読んできたわけだが、その経験を通して痛感したのは、ことばにへんな浮力がついてきた、ということだね。いくらことばを精神とか生活とかへ投げこんでも、深部へ沈んでいかないのさ。あぶくが水面に浮くように、詩のことばがふわふわと浮いてくるんだよ。この浮いてくる状態を、そのまま楽天的に信じこんでいる詩人もいたし、そうじゃなくて、逆にその浮力に対して重みを加えられるようないろんな主題を意識的につくり出している詩人や、あるいは意識的にその浮力に身をまかせて、それを加速し、拡大するか、たいへんつらい努力をおのれに課している人もいた。ことばのこの奇体な浮力というものは、さっきの混迷ということとかかわりがあるのかな。一方ではことばの浮力につりあっただけの重みを主題の方に加えようとするもんだから、たとえば土俗的な主題がうたわれるわけだね。で、もう一方では、ことばそのものに、これは熊倉君だとか若い詩人によく感じるんだけど、語というもののの喚起力にほかのものを遮断して、全面的に自分をゆだねる傾向があるね。そういう集中的なある力をことばに加えることによって、さっき言った浮力に抵抗したり、拡大することで乗りこえたりはしているんだな。

語と想像力の乖離現象

渋沢　同感ですね。ただそれは詩人個々の主体の問題なんですか。

粟津　それは、いろいろなかかわりかたがあるからね。必ずしも詩人にとって、弱点といい切ることもできないな。浮力を巧妙に利用している詩人もいるしね。……だけど詩人個人の問題と考えるには、ほとんどすべての詩人に共通してそれを感じたんでね。詩のことばにわれわれのイマジネーションの構造に対応するだけの、ひろがりとか構成とかが十分つくりあげられていないんじゃないかしら。われわれのイマジネーションは、刻々われわれの前に現われる生活だか現象とかに対応して、複雑な反応を強いられているわけですよ。強いられてくると通常のイマジネーションでなく、もっと重層的かつ多角的になったイマジネーションのかたちを生活のなかでつくっていくことを強いられていくわけですよ。ところがことばっていうものは、まだそれに対応するだけの構造上の堅固さをもちきっていないんじゃないか、そこから混迷がきているのではないか、という気がするんだ。だから語というものと想像力との乖離現象があるわけだよ、おそらく。想像力という点から言えば、たとえば大岡信が『紀貫之』を書いたり、吉本隆明が『源実朝』を書いたり、安東次男が蕪村や芭蕉の注釈をしているわけだね。その場合に彼らを動かしている想像力の運動は、たいへん複雑な、幾重にも分解した自分の解体を片方ではかけている。それと昔の犀星とか朔太郎とかの芭蕉や蕪村などの評論とか評釈とかをくらべてみると、われわれ同時代の詩人たちの想像力の運動は、非常に複雑に分岐し、展開した構造をもっているわけよ。ところが詩人の素材の根となっている語には、まだ表面的なわれわれの感情のたんなる記号にすぎない要素が多いんだな。ところがそういう感情が奇体に平板化し一面化していても、そういう要素がことばに対しては浮力として働いているんじゃないかと思う。だからいろんなやつがいろんなふうに自分に対応するような主題をでっちあげたり、そこに意識的にのめりこんでいったりするんじゃないか。

渋沢　またしても同感だな。これはしばらくこのままつづけるよりしょうがないですか。

粟津　というと……。

渋沢　つまり、いまの粟津さんの言い方でいくと、行分けの詩を書いている限りは、まだ複雑な想像力に対応できるような語はもちえなくて、それをもつためには、たとえば古典の詩を評釈するとかというような方向にいくよりしようがないのかということ。それをまだやっていない者の立場からうかがっているわけだけれど。

まったく事態は重大だ

粟津　もちろんそんなことはないよ。ただ、近頃、いろいろな詩人たちが、古典の評釈だとか、いわゆる小説と言いうるようなスタイルの散文だとかを書いているわけでしょう。そういうスタイル上の要請というものが、かなり一般的にあるね。これはやはりぼくが言ったような意味での、ことばに対するもう少し運動のひろがりをもちえるような場所を求める動きなんじゃないかな。だからと言ってそれはいわゆる詩という形のなかでは詩をかくことができないとか、言っていることではないよ。ぼくが七〇年のときに興味をもった作品は、埴谷雄高の「闇の中の黒い馬」だったわけだが、あれは逆に小説という形のほうから、詩のことばのほうへの転回のひとつの例でしょ。これは埴谷さんもあるエッセイのなかで言っていることだが、ドストエフスキーという作家はそりゃたいへんな作家だが、詩的言語という点ではまだ足りないところがある。われわれにはマラルメからつづいてくるような詩のことばというものの飛翔力というものがあるのだから、その線にそって展開すべき面があるんではないか、ということなんだな。だから小説というもののほうからも、たんなる散文的というような小説でない、ことばの構造をもったもののほうへ歩み寄ってきているわけでしょう。だからいわゆる行分けの詩ではいけないとか、それでは困るとかいうつもりではまったくないんだよ。ただ、現在は形を守るにしても形を崩すにしても、ことばのはらむ、このさまざまな亀裂と解体をはらんだ、そのくせ奇体に平板なありかたとかかわらなくては話にならないだろうということなんだよ。これでは困るからと言って、あっという間に土俗的な主題にとびついたりさ、というんでは単純すぎてまったく話にならない。もっと事態は重大であろうし、もっと重大な事態のなかに詩人が心してとりあげるべき無数の可能性がひそんでいるような気がするよ。

渋沢　まったく事態はもっと重大だという気はするが、ぼくの場合で言えば、実際にぼくが書くときにどう書いたらいいかをまず考えてしまうもんだからね。散文詩でもいいけれど、とくに行分けの詩で考えるわけですよ。すると、とたんにわからなくなってしまう。ランボオ、マラルメ以後というのは、文学の死とか混迷とかと言ってもまさに詩語の深化、重層化にほかならないという面ももっているわけで、その意味では可能性はなるほどあるんだろうけれども、いますぐに一篇の詩を書き出そうとするときにどう書いたらいいかわからない、五里霧中の感覚がいつもつづいていて、なかなか状況の整理というものもできない。――ところで鷲巣繁男さんの『鷲巣繁男詩集』（一九七一年）を読みましたか。

粟津　ええ、たいへん感心しました。

渋沢　あれなんか、いわゆる語が浮いているという感じが全然なくて、たとえば虚無とか存在とか、愛にしろ闇にしろ、もともとひどく大きいことばが、それにふさわしい広がりをもって作品になっているという感じがする。この人の場合には、こちらに自分の時代なり生活なりに密着した主題があって、それをうたうために存在とか虚無とかということばをもってくるのではなくて、存在なら存在ということばがもちうる広がりと厚みそのものを作品の形で書いているという感じがする。ただこの人の場合、ギリシア正教というものがあるし、それに根ざした「形」に対する信仰があるし、信仰と言っては語弊があるかもしれないけれども、とにかくそういうものがある。語が浮きあがらないで、しかるべき重さをもって作品のなかに定着するためには、なにかひとつの型を裏づけるべき場とか、それを裏づける信仰のようなものがあったほうがいいんじゃないかという気がする。ところがそれがこちらにはないし、さしあたって少なくとも宗教というようなかたちではそれをもつ気もない。そこで問題は、特定の信仰のようなものがなくてもああいう作品は可能かということ。現代詩はむしろそれを前提としてここまで来ているわけだけれど、そのへんのことを楽天的に素通りするか、痛い欠如のようなものとして感じるかによっても、だいぶ違ってくるように思うんですけどね。

粟津　鷲巣さんの詩でぼくが感心するのは、彼はギリシア正教の信者なんだし、そういう観念性はあるよね。その観念性と直接の手ざわりのようなものとが、ことばのなかで相互運動をつくっているところがある。つまりことばそのものが、いくつかの原子が相互にはたらきあって、分子をつくるような具合に運動体になっているんだな。単純にひとつのアトムではなくて、アトム自体が構造体になっている。これは非常にまれな成就だと思うんだな。ぼくはさっき土俗的な主題に単純にとびつくのはけしからんと言ったが、土俗が鷲巣さんのように思想になっていればいいと思うんだよ。思想になっているほどのことばが、自分のなかの土俗性というものに、極端な観念上の自立性をあたえていればいいと思うんだ。ところが土俗と言ったって、あるいは反体制と言ったって、しばしば自分のセンチメンタリズムの記号にすぎないでしょう。これは一種の自己欺瞞だよ。そういうことは鷲巣さんにはないな。これはまれな例でしょ。おなじことは鷲巣さんにも、それから岡崎清一郎さんにも言えるな。——なんなんだろうね。たいへん変な人だけど、岡崎さんがもっている土俗的な生に関する持続的な信頼というものが、あの人のことばにたんなる土俗詩ではない、一種のひろがりと運動を与えている。それにくらべるとよく土俗詩が扱う怨念だとか何だとかいうものは、なんとも安手な感じがするね。

土俗への寄りかかりとことばへの寄りかかり

渋沢　そこでたとえば岡崎さんなり、鷲巣さんなりがもっている思想的空間とね、粟津さんが最初に言った現代というものが想像力に要求してくる複雑さといったようなものとが、どう関連するのかな。

粟津　現代がわれわれの想像力に要求してくるものは、そういうさっき言った思想性を非常に保ちづらくしていると思うよ。そういうものを刻々に解体していると思うよ。

渋沢　そこでぼくもはたと困るわけですよ。たしかにひとつのできあがった作品なり作品集としてみた場合には、鷲巣さんの世界は感心するし、感服もするが、岡崎さんの場合だってそうだが、それをさて自分でいったいどうもっていくかということなんだけど、鷲巣さんの場合にはたまたまギリシア正教のようなものがあったからかなと考えるわけです。岡崎さんの場合の土俗に関する持続的な信頼というのが、要するに個人に生得のものということで傍観するよりしょうのないものなのかどうかね。われわれ自身はそういうものをもちにくいからね。

粟津　うん、もちにくいしね。だからもちにくいということは別のものをもっているというわけじゃない。だからぼくはそうじゃない可能性をさがしたいわけですよ。

渋沢　そうですね。

粟津　つまり現にあるなんらかの形而上学のシステムだとか、そういったものと、そういったものに向かって一種の無限接近をしているわれわれの想像力との相互運動ということじゃなくて、刻々にわれわれの想像力をこわしてくる、こわしてくるということとそのことに即したかたちでの、世界に対する思想のもちかただってあるわけでしょう。話はそこなんだな。

渋沢　話はそこです。鷲巣さんの場合には、ギリシア正教というものが「キリストはいま死し且つ甦る」というような現在的なかたちで生きているわけですよ。だから現代詩になっている。そういうものが一方にはある。ただしぼく自身はそういうものはなにももっていない。もっていないうえで、既成の宗教にしろ、体系にしろ、とびつくのはいやだし、そうかといって土俗的なものにのめりこむのもいやだしね。全部ばらばらになったところに立って、ばらばらそのものみたいなものにすがりながら書いているわけだけど、これで沈みきった果てになにかが出てくれば、どこかに通じるかもしれない。それは希望としてはいつも言えるわけなんだけど、具体的にいま何をどうしたらいいか、ということはいつもわからないわけですよ。それで困ってしまう。こんなこと言ったって、言われた方だって困っちゃうだろうけれどね。

粟津　最初にもちょっと言ったけれど、土俗的なものへのよりかかりというものと奥の方でつながったものとして、ことばそのものへのよりかかりという傾向があるね。最近読んだ熊倉正雄君とか金石稔君とかいう若い詩人たちは、漢字をよく使うわけだよ。漢字が日常的に彼らの感受性のなかで大きな力を占めているとは思えないんだけども、日常的な語感とは違ったなにか偏執的な好みがあるね、吉増剛造君もそうだが、漢字がもっている結晶度のつよい衝撃力というものにぼくが最初にしゃべったことばの浮力に対する重力の役割をあたえようとしているんじゃないかという気がする。

渋沢　まあそうでしょうね、ひとつの方法として、ある程度は認めたいと思うけれど。

粟津　だけど語に対する語を、いろんな腐蝕力だとか解体力から抽象して、ことばそのものを純粋培養して、その連想力だけに、自分の感受性をとじこめるのはほんとに危険な道だね。とじこめたところでできあがる詩の運動性だとかは、思想性だとかよほどそのことばのボルテージが高くなければ、結局一種の装飾だからね。だけどこれだけことばというものが、生活だとか観念の重みからはなれて、まるであぶくみたいに水面に浮き上がってくるようになると、至るところにこういう落とし穴とか、こういうかたちでの誘惑が待っている。それ以外に抵抗すべき現実のいろんなザラザラした手ざわりがないでしょう。ないと土俗という手ざわりとか、語の衝撃力という手ざわりとかへかかわってくるんじゃないかしら。それもいやになってくると自分の詩というものが非常に閉じられたせまい、その限りでせまいところで自己満足している不安があるものだから、そうじゃないかたちで、小説だとか批評とかの表現形式のほうへ拡げていこうとすることもおこってくる。だからいま、主題がない時代だとかと言われているが、主題なんていうのはありすぎるわけでね。そのありすぎている主題のどれをとったって、ザラザラした手ざわりがないわけでしょう。

言語の非人称と人称

——いままでの話に関連して言えば、行分け詩の簡潔なフォルムでは詩が書きにくくなってきている。一方ではダラダラした饒舌体でなければ詩が書けなくなってきている。この二つの傾向が、六〇年代から七〇年代にかけてきわだってきているようですね。

渋沢　ぼくが行分け詩にこだわるのは一種の意地ですよ。行分け詩でとても書ききれるものではないという気もしないわけじゃないけども、これでいけるところまでとにかくいってみるかということ。たとえば古典の評釈をするという道もひとつあるわけだけども、まだ幻想が残っているのか、そこにいままであるかたちの行分け詩のなかで、ちゃんとした定着性をもった詩のことばをなんとか書けないものかという意地みたいなもので、いまもってしがみついている。それの将来性を考えると非常に悲観的になってはきますがね。それともうひとつは、ぼくははたしてなにを創造するつもりで詩を書いているんだろうかということを考える。もしかしたら創造意識というようなものより、批評意識とか認識欲みたいなもので書いているんで、世界の在りようを見はるかすためには、案外こんな小さくまとまったものの方が標識としては便利なんじゃないかというようなことをね。

――よく時評などで「最近の新人の作品は」などと、いっしょくたにくくられている場合がみられますが、これは作品と作者の顔とか目鼻立ちとかが区別しにくい、よくわからないものになってしまいがちな詩が多いということですか。

渋沢　詩人個人の顔というものを問題にしだすと、また自然主義的な私性みたいなものに逆もどりしてしまいそうな危惧がある。逆もどりしないで個人の顔をどういうふうに作品に出していったらいいかということが問題だな。粟津さんはどうですか。生身の詩人と作品との関係というのは。たとえばダラダラ詩のなかで、個性的な顔をもっているその個性とは何なんだろうか。生身の詩人のもっている個性なのか、別の意味での価値なり重みなりなのか。

粟津　これはうまく使いわけないと混乱してしまうことだが、下世話な意味での詩人の顔つきなんてのはすぐ浮かんでくるでしょ。だけどそうじゃない顔だろ。

渋沢　そう、作品のね。

粟津　つまり作品のフォームだろう。だけどさっき古典の評釈のときに言ったけど、たとえば、非人称、インパーソナルな言語と言ったって、わが国の言語は、インパーソナルとパーソナルの区別があいまいな言語だからね。だからおなじ古典の評釈にしても、ヴァレリイがマラルメのことを書くのと、安東次男が蕪村を書くのとではずいぶん違うところかあるんだよ。はるかにわれわれの詩人のほうが苦行を強いられているところがある。ことばの非人称性というもののなかにいくら詩人が入っていったって、否応なしにことばそのものが詩人の素顔というものを、へんに途中でむき出しにしてしまうようなことばでしょ、わが国の言語というものは。だから困るな。

渋沢　だからますます事柄がうまく整理できない。たとえばぼくらが、「作品空間」とか、とくに変なことばだけど「エクリチュール」なんて言った場合に、ぼくらとしてはフランス語で書かれているわけだから、そういう者同士ではなんとなく通じるわけだけれど、しかし日本語のなかに置いてみたってあんまり定着しそうもないという気がする。現にわれわれと同じものを読んでいるわけでない人が読む場合に、妙な具合にまがっていくわけですよ。そうするとお前の主体性はどうなっているんだとか、っていう批判がたちまちくる。その気持ちはわからないこともないんだが、むしろことばの次元での誤解があるんで、考えることは必ずしも違っていないかもしれない。それにこちらとしては、舌っ足らずなことばを使いながらでも、なんとか話を先に進めようじゃないかということでやっているわけなんだけれどね。ただ、そのことばの次元での食い違いは、ぼくらとしてはヴァレリーなりブランショなりをどこかで思い浮かべながら書いているから、簡単に「空間」なんてことばをつかっちまう。かと言ってそれに相当することばを日本語のなかで探してこようとすると、なかなかみつからないわけなんだな。昔の俳論なり歌論なりでつかっていることばをもってきても必ずしも同じではないわけですしね。フランス語なんかという通信衛星を介してはじめて話か通じるような具合で、こちらとしてももどかしいったらありゃしない。

粟津　「空間」というと、毛嫌いする人がいるからね。「文学の場」と言えばいいだろうとかね。「場」と言ったって古いことばではないんだからね。それに意味も違ってくるでしょう。

渋沢　ぼくが「場」という場合と、俳句の方で仮りに「場」と言った場合とでは、全然ではないにしても相当ずれがあると思いますよ。「場」も「座」もあんまり区別がないことになっちゃうだろうから。そういうずれはどうしようもないんだろうか。

言語の同胞意識の欠如

渋沢　話をかえて、編集部の話で学生たちが最近はひと頃ほど詩を読まなくなってきているそうだけれど、これはたんなる流行の変化にすぎないので、学生や若い人たちの志向そのものはそう変わっていないんじゃないかという気がする。六〇年代の末の学生がいつになく現代詩を読んだということと、いまの人が仏教や人類学の本を読むというのとは気持ちとしてはおなじじゃないかとぼくは思う。現代詩の方にいつまでも要求を満たす力があれば文句はないわけだけども、まあ仏教の本を読んだ方がもっと明確なかたちでいろいろとあるだろうしね。

粟津　やはり流行と言えば流行なんだろうが、自分の苦痛や希望を読みこんでいたからね、詩のなかにね。だから学生に読まれたわけだ。しかし読みこんでいたけれど、読みこんでいたものがなんということなく終わってしまうということがあるでしょう。いま読まれなくなったとすれば、それをなお超えて引き寄せつづける力がなかったんだな、詩に。つまり自分たちがいろんなかたちで世界に裏切られた、ないしは捨てられたと同じように、現代詩人たちもなにかから捨てられたと思っちゃうんじゃないかな。だけどそういうかたちでのかつての読者の失望と離反というものと、それを乗りこえたかたちでの表現というものは、やはりこれからの問題になると思うよ。

渋沢　直接に表現にかかってくる部分についてはそうですね。

――ところで最近はサイクルが非常にみじかくなって、詩人同士のつながりがちょうど日常生活のなかでの人間関係のように切れちゃっている。若いやつの詩はわからないとか、古いやつの詩は不必要だとかという声がよくきかれるし、極端に言えば同年代の仲間の詩でさえもわからなくなっちゃったという現象が出てきていますね。

渋沢　やはりそれはひとつには現代詩の本質的な貧しさの証拠だと思う。だからお互いにわからないし、五年も世代が違えばすぐわからなくなってしまうのは当り前じゃないかな。

粟津　渋沢君は実作者だからそう言うのだろうが、原因は現代詩の貧しさということのほかに、日本語にもあるね。たとえば、アラゴンがクローデルのフランス語を激賞しているわけだ、最高級のフランス語だということでね。そういうかたちでの、考えの違いを超えたことばの持続に対する信頼感が二人を包んでいる。ぼくは昔その包みかたの濃厚さにびっくりしたことがある。そういう思いをすることが、われらの言語にはないんだな、とくに現代では。昔は批判、反論、考えの違いを超えた日本語に関する一種の同胞意識があったと思うよ。ところが現代では同胞意識がほんとうになくなっちまったね。

渋沢　なるほどね。ただ、たとえば、吉本隆明の思想とぼくは同じではないが、吉本氏のものを読んでたいへん感服するということはある。そういう意味では日本語の世界でもあり得るんじゃないですか。

粟津　そりゃあるよ。まったくないとは言わないが、だけどまったくわからなくなってしまうという危惧を日本語はもっているわけだ。それを渋沢君は実作者の立場から現代詩の貧しさだと言ったけれど。

渋沢　ぼくにしても、たとえばいわゆる戦後詩がこれまでにないほど高度な成果を挙げているということは、それはそれとして一方で評価するわけで、だからその意味ではアンビヴァレンツがあるわけだけれども。貧しさと言ったのは、例の〈乏しき時代〉の乏しさというような意味です。粟津さんの言うのは、日本語が貧しいということでもないわけですね。

粟津　そうね、ぼくは日本語は貧しいと言ったわけではない。ことばに関するアラゴンとクローデルを包むようなことばに対する信頼の貧しさと言ったわけですよ。それはさっきの非人称性と人称性との区別がないということにもかかわってくるんだがね。いまの詩がわかんなくなってバラバラになっているという現象も、ぼくはさっき想像力に対する世界の解体作用と言ったけれども、それが人間関係に対しても働きかけてきているんじゃないかという気がする。そういう解体作用が相互理解の欠如とか観念の混在状態とかをつくったんだけど、それはわれわれの想像力にこれだけの重層性をつくったものでもあるわけでしょう。

渋沢　その点を積極的な可能性として推進すればいいわけですね。混迷とかてんでんバラバラといっても、個人的に言えばぼくはあまり問題にしてもしょうがないと思うんだ。ただなんとなくお互いに白けちゃってるという感じがあるんだな。

粟津　自分のなかだって白けちゃっているわけでしょう。自分の想像力をかたちづくっている各要素がそれぞれ白けちゃっている。それを乗りこえようと思うと、自分の想像力のなかに一種の饒舌を培養しないと困るということがおこってくるわけでしょう。そういうかたちで培養した饒舌は、一見他人とのコミュニケーションを前提としたものだが、まったく孤独なものだからね。まったく孤独で、自分だけを相手にして語るというほどの明確な形態意識もないおしゃべりでしょ。要するに言語の自動運動みたいなおしゃべりで、そこには実験意識もないわけですよ。そういうことばの一種の散乱状態、想像力の散乱だな。そういったものにいろんなやつがいろんなかたちで、手術をうけているわけだ。だからそんなものは、ちょっと立場が違ったり考え方が違ったりするやつに訴えるはずがないよ。だって最初からコミュニケートするという志向がちっともねえんだからな。だって自分自身に一生けんめい語りかける詩なら、他人につながるはずですよ。ところが自分でもないんだよ、ちっとも。自分に語りかけるわけでもないんだよ。ロックでもかけ流すように、つぶやきみたいなものをつなげておけば、空虚をうめ得るという錯覚があって、その錯覚の連続でしょ。そんなものはおしゃべりと言っても、しゃべっているのは自分でも他人でもない。かと言って、非人称でもない。一種のざわめきのつながりでしかない。これはたいへんな解体現象だと思うよ。その解体現象を体現している詩人たちが、いかにも楽天的な顔をしているのが多いね。これまた、たいへん不思議なことだな。

想像力というかたちでの意識化を

渋沢　自動車をひとつつくれば、少なくともその場だけはやりすごすことができる。そういう切羽つまった……。

粟津　ところが切羽つまっちゃいねえんだな、ちっとも。現象は切羽つまってるんだよ。切羽つまんなけりゃでてこないようなものなんだ。だけど、のんきなんだよ。これは以前では、自我が解体するとか、想像力に解体現象がおこるとか、主体性が腐蝕されるとかに対する抵抗とか、自覚とか、反抗とかがあったわけでしょ。それがないんだね。反撥力とか収縮力がなくなっちゃってね。なにをされようがだらだらと切れてくるというのが多いな。だけど、それが困ると言っても、実際上の精神状態としては存在してるので、これは想像力にとってはたいへんな危機ですよ。これはジイさんが若いやつの詩はわからない——じゃ終わらないよ。自分で自分の詩がわからないということでもないんだよ。かつては編集部が言ったように、「荒地」から「櫂」「鰐」、天沢に至るまでは、まだつながりがあったというけれど、これも相対的な問題で、昔の「四季」や「日本浪曼派」がわかったようにはわかっていないかもしれない、想像力のかたちとしては。

——だけど、手渡されていくとか、複合化されていくとか、そんなかたちでの手応えというものは、それぞれの時代の詩人たちにはあったと思うんです。少なくとも切れたとか、かまっちゃいられないとかというかたちでの相互理解の欠如反応はなかったんじゃないですか。これも相対的なことで一般論にすぎないけど。ということは、月並な日常感覚で考えているわけではない。親子や兄弟が話しあえなくなっているのは、一般的次元では当然あるわけですしね。それほどめまぐるしく時代感情は変わっているわけですが、それと想像力の場での次元とでは違ってこなければならないでしょう。

粟津　それで、たとえば安東次男が蕪村論を書きうるためには、『蘭』(一九五一年)から『からんどりえ』(一九六〇年)へ移るという、彼にとっては極端すぎる自己限定をしなければいけないところがあるわけだ。そういうかたちで自分の想像力をつちかっていっているわけでしょう。解体をかけてね。それから大岡信が『紀貫之』(一九七一年)で古今の美学をあれほど正面から語りうるには、まず「さわる」とか「ことばことば」という詩を書いている必要があったんだよ。吉本隆明も同じことでね。「制度としての実朝」なんていう考えは、「言語論」とか『共同幻想論』(一九六八年)とか『心的現象論序説』(一九七一年)とかを書いたあとの話だからね。あれだけ自分のなかのいろんな要素を意識化したあとででてくる観念でしょ。そういうかたちでのそれぞれの詩人のなかでの想像力に関する意識化というものと、また想像力というかたちで意識化しなければならないほど、彼らに強いられた想像力の解体現象というものがあるんだよ。彼らには、刻々に想像力の解体を深めながらその解体に則したかたちで、自分の想像力を詩の場所とするような努力があったわけだ。だけど、いまの一般的な現象としてしばしば感ずる想像力の散乱からは、それに抵抗するだけのリアクションというものが、それぞれの詩人のなかにどれほどあるのか、と思うことがしばしばあるな。主題なんていうものはありすぎる、とぼくはさっき言ったが、そういうかたちではありすぎちゃうんだよ。これが実情なんでね。そこでこんどは反撥力のないほどだらけきっちゃった、散乱そのものになっちゃった、それぞれがボソボソつぶやいてるやつが並んでいるだけのような想像力の場がクリエイトする場所でしょ。でもやはり出発するのはここしかないと思うんだ、それが実情ならね。というふうに言われると、ぼくにはまだ見当がつかない。事実ぼくは三百冊近い詩集を読んできたわけだが、それぞれが背負っているたいへんな腐蝕現象、解体現象とかのマイナス性をふまえたうえで冒険している詩というものは、若い詩人のなかになかったね。これが毎月目を皿のようにして読んできたぼくの結論だ。

内部だけではかたづかない

粟津　考えてみると、それほど想像力というものが凝縮力をなくしてバラバラになっちゃった、という時代はかつてなかったんじゃないかな。そうなったということは、それほどわれわれの詩的想像力や言語というものが、自分の内部でかたのつくようなものでない危機に見舞われているということでもある。好意的かつ希望的にみれば、日本語における非人称性というものの出現が、あるいはこんな形でくるんではないかな、という気がしないでもない。つまりそれまでわれわれのなかには、詩的感受性の伝統がある。若い詩人のなかにもそれはありありとあって、たとえば案外古くさい感傷をぶつぶつ続けているわけだよ。そういうもののなかへ、ことばというものはだれでもないものが語るのだ、というマラルメやブランショの言っているああいう非人称言語のなんともいいようのない冷や冷やしさをもちこんでくると、こういうことになるんだな、という気がしないこともない。

渋沢　はばかりながらこれは粟津さんがきょう日本語についてしゃべったことばのなかで、いちばんいいことばだと思うな。そんなおそろしさがいつもあるわけですよ、ぼくのなかにも。だけど、引き返すわけにはいかない。

詩の空間を開く――対話あるいは批評行為としての引用

栗津則雄
大岡 信

挨拶と批評的接近

栗津　何年か前、「現代詩手帖」にきみのことを書いたとき、きみの詩の一節を引いて、こういうことばには大岡信の精髄があるというようなことを言ったんだ。ところがあいにく、それは、きみが引用した谷川俊太郎の詩句だったんだよ。

大岡　そうそう。

栗津　そのことを、年末の年鑑の座談会で誰かにからかわれてね。ひどく腹を立てた覚えがある。

大岡　詩の最後に註記をちゃんと付けといたのに、にもかかわらずきみがそう読んだっていうことは、ぼくの引用術がよほど堂に入っていたってわけか（笑）。

栗津　でも、考えてみれば、ここにはいろいろな問題があると思うんだよ。引用ということをめぐってのね。ぼくの思い違いはぼくの不注意のせいだとしても、いま引用を問題にした場合、十分意識的でなきゃならない事態があるんだな。引用が効果を発揮するためには、詩人や文学者が知りつくしている知識の共有財産が必要だろう。そういう共有財産があればこそ、引用が表現になってくる。昔の歌人の本歌どりも、俳人が古歌を利用したりするのも、そういうことがあればこそだ。だけど、現在では、そういう共有財産の幅が非常にせまくなってしまっている。昔は存在しなかったような多くの一般読者がいて、そういう読者が、たとえばきみの詩や谷川俊太郎の詩を読むんだけれども、そういう読者の知識といわゆる詩壇内部の人間の知識とのあいだには、ひどいズレがあるんだよ。詩人や文学者と一般読者との共通の場を見定めることが、非常にむずかしくなっているんだな。たしかに引用がいま問題になっているのは、詩人たちがおのれの発想がはらむ、あまりにも孤立した主観的なものを突き崩そうとする志向の表われには違いないけれども、読者とのあいだの共通の場の欠如をある苦痛として感じつづけていないと、今度は、それこそ詩人たちのあいだだけの自慰的な試みに終わってしまうんだな。だからと言って、そういう読者を想定して引用の幅をひろげようとしても、そういう読者そのものが、無秩序などうにもつかみようのない代物だからね。ひとつ間違うと、ミイラとりがミイラになりかねない。この場合も、おもしろがるのは詩人仲間だけだということになりかねない。引用という問題は、ひとつ間違うと、方法論上の自己満足におちいる危険をはらんでいると思うんだよ。きみはこのところ、引用や相互模作や贋作やパロディなどということを試みているわけだけれども、ぼくの感想とからめながら、きみの動機について話してくれないかな。

大岡　きみの出してくれた問題は、重要な、根本的なものばかりだと思う。引用という問題が最近話題になってきて、多くの人びとの関心もひいているということは、それなりの現在の必然性があるんだろう、という理解をしてるんだけど、同時に、ざっくばらんに言うと、多くの人は引用という行為についてはちょっと眉唾じゃないのかという感じをもってると思う。引用によってひとつの作品を成り立たせる、つまり作品のある部分に他人の作品を織り込んでしまうという行き方は、本人の創造性が衰弱した結果出てくるものである、という考え方がある。つまり作品という場合に、たとえば〈素材と表現〉だとか〈内容と形式〉だとかいう分け方があるね。その素材とか内容とかに当たるものは現実の世界のなかにあるのであって、すでになんらかの作品として言語化されてしまっているものは、別の作品の材料にはなりえない、またすべきでない、という考え方が長いあいだあったと思うのね。言い換えれば、どこから拾ってこようが、材料というものは、ほかの人の手を経ていないもの、第二次生産品ではなく第一次のマチエールでなければいけないという考え方が一般的にあったし、現在でも引きつづいてあると思うんだ。第一次の素材を詩人は発見してきて、それを自分の言語によって表現にまで高めるのである、という考え方が一般的にもあるし、ぼく自身にもそういう感覚はもちろん強く生きている。ところが引用というのは、ほかの人がそういう過程を経て言語表現にまで高めたものを、もう一回使うということだね。それで引用という問題を考えるときに、引用というのは創造力の衰頽を示しているんではないか、ちょっと眉唾じゃないか、という感じが出てくるんだと思う。これはとても自然な反応で、それに対して現在の新しい引用論の成果の上に立って、高飛車にそんな考え方は成り立たん、とか古臭いとか言うとしたら、それはおかしいと思うんだね。眉唾だという感覚は、大事な感覚としてとっとかなきゃならんと思うんだよ。そのうえで現在の引用をめぐる問題を考える必要がある。でないと、歯止めがきかなくなるところが出てくると思うね。ぼくが引用をする場合には、ひとつのはっきりした意識があって、それは引用をする相手に対する挨拶ということなんだ。最近話題になってる引用論というものの範疇からすると、ぼくの引用というのは非常に素朴で、原始的な段階での引用だな。たとえばぼくの書いた「和唱達谷先生五句」(注)という組詩は、加藤楸邨（別号達谷山房）さんの句をもってきて、詩のなかに裁ち入れるというやり方をとっている。楸邨さんの句をぼくが読みながら、楸邨さんがその句を作ったときの精神の内側へ、もう一回こちらの方から、言わば加藤楸邨になりかわって入っていき、句の作られた過程を元へ向かって巻き戻してみた結果、この句はこういうふうな精神のプロセスからできたと考えていいんじゃないか、というその想像される生成過程を、詩の形で追ってみたわけだ。それが「和唱達谷先生五句」という組詩になったんだけれど、まずその素材としての楸邨の句を五句ぼくが選んだということ自体、いわば敬愛のしるしだね。同時にこういうふうに再構成し、あなたの句を中に入れて抱き込みながら一篇の詩を作るかたちで、句を自分流に生かし直したのですが、あなたにはどう見えるでしょうかっていう、楸邨さんへのひとつの問いかけでもあるわけなんだよ。それは当然楸邨の句それぞれへの批評的接近をも含んでいるよね。批評でありながら詩の形として楸邨にそれを問う、ということをやってみようと思ったんだ。これはぼくにとってはかなり意識的な操作だったわけで、それ以前にほかの人から引用したとしても、それほど意識的にはできなかっただろうと思う。

粟津 ほう、そうかね。

大岡 うん。それでノートを見ると、これを作ったのは一九七二年七月、ちょうど十年前なんだ。楸邨さんはこれを見て、なるほどこういうふうなことがあり得たか、と言ってとても喜んでくれた。ぼくのこの試みは、完全に独立した俳句を、あらためて詩の中に抱き込んじゃってその一部分にしてるわけなんだから、失礼なことをしてるわけなんだけど。

粟津 なるほどね。もっとも、きみの作品を読んで失礼なことをしているとは思わなかったな。引用という方法を使っている作品を読んでぼくがよく感じるのは、作者が、引用する対象を、なんの抵抗もない、たんなる材料にしてしまっているということなんだよ。第一次のマチエールならまだそれなりの抵抗があるんだけれども、相手が二次生産品だということで、かえってそれが抜けてしまうんだな。引用の対象がもっている固有の生活と論理を、じつに単純に毀せると思いこんでいるんだよ。その点、きみの組詩の場合は違っていて、きみの詩のなかに置かれることで、楸邨さんの句が、単純に読んだ場合以上に俳句の生理を強く感じさせるんだな。きみは「挨拶」と言ったけれども、それはつまり、引用することで相手がますます相手自身になり、自分がますます自分自身になるような語りあいの場をつくるということなんだろうね。

大岡 昔「すばる」に「うたげと孤心」という題名で連載したことがあるんだけど、その連載のアイデアもその時期にだんだん自分のなかで出てきていたわけだよ。それは遡れば、丸谷才

一、川口澄子、それからときには加藤楸邨、石川淳さんなどと、安東次男を裁き手として連句をやったことからも大きなヒントを得てるんだけどね。自分の詩のなかに、ある句を、たんに部分として挿入するというだけではなく、その創造の根源にまで批評的に入り込むことでその句をさらにその句であらしめ、同時にぼく自身の詩をその句と拮抗させつつ別の世界を作り出すということ、それが『うたげと孤心』という本につながる根本的なテーマなんだよ。そういう実験を実際にやってみたということが、ぼく自身にとって大きな示唆を与えてくれたね。

栗津　そうだろうね。楸邨さんの句には、とにかく何百年ものあいだ練りに練られてきた俳句の文体というものが、厳としてあるわけだ。それだけにこれは引用するには危険な代物なんだな。中途半端な、及び腰でもちこんだら、たちまち喰われてしまう。だからと言って、それが孕む毒を薄めようとすると、自他の文体の区別もつかぬあいまいな折衷になりかねない。つまりきみは、たいへん危うい試みをしたわけだ。

大岡　そういうことだな。もちろん、これはぼくが加藤楸邨の句が好きで、読んでいて食指が動くっていうことがなきゃ成り立たない。ところでこの詩を作るにあたっては、楸邨さんの句のなかから五十句ほど選んで、最終的には五句使ったわけで、最初はみんなが知っているような有名なものももちろん選んでおいたんだけど、それでやろうと思っても、ふしぎにうまくいかないんだな。前に「百人一首」や藤原俊成の歌をとりあげて現代詩の形に直すということをやって、そのときも気がついたんだけど、人口に膾炙してる歌っていうのは、どうやっても現代詩にうまく変貌してくれないね。やろうと思っても相手が抵抗しちゃってどうしようもない。

逆に人口に膾炙していなくて、「この人にはこんな珍しいものもあるんだぞ、おれがこれを発見したんだ、これのおもしろさを見てくれ」というものだと料理できるんだよ。そこには、まずもって「自分は作者と名歌名句でだけ付き合っているんじゃありません。もっと内側で付き合ってるんですよ」っていう感覚があるのね。そうすると気楽に相手と喋れるっていうことがある。もうひとつ、名歌というものは、もうすでにひとつの世界として完成されちゃっている。決してそれが芸術的レベルの高いものでなくても、長いあいだ人びとに親しまれてきたその歌の皮膚というようなものが完全にできてしまっていて、それを作り変えるなんてことはもうできないんだね。まだやわなものの方がやりやすい。楸邨の句で詩を作るっていうことは、ぼくと楸邨とのあいだにいきいきした交流を結ぶということだろ。だからこういうことにまで立ち入ってくると、引用ということもたんなる字句の問題にとどまらなくなるね。素材としての対象がいきいきと動いているんだから。

粟津　人口に膾炙した名歌や名句は引用しにくいという感じはよくわかるな。だけど、引用についての考えの違いで、そういう作品の方が引用しやすいという立場もあると思うんだよ。一般によく知られているということを踏まえたうえで、それを引用し変質させることである種の効果を期待しうるからね。そこに一般に言う引用と、きみの言う「挨拶」との違いがあるんだろうな。だけど「挨拶」とは言っても、俳句や和歌のなまなましい生理をそなえた文体を、きみが詩人として作りあげてきた文体のなかにもちこむのは、現代詩人同士での引用とは比較にならぬほど危険なことだよ。引用句ときみの詩句が肉ばなれを起こすのはまだしも、きみの文体そのものに破壊的に働きかねないからね。

定型の欠如をどう克服するか

粟津　そういうことをあえてきみが試みたということには、現代詩の表現に関する考え方に、ある危機感のようなものを感じたためかい？

大岡　それもあると思うね。ぼくの体験的実感に基づいて言えば、現代詩人たちの大半は三十代に入ると行くべき道に迷ってしまうんじゃないかね。失速状態に入っちゃうんだな。いろんな詩人たちの三十代から四十代の足どりを見てると、じつに多様な道を呈している。二十代の若いときには、単純というか純粋というか、とにかく自分の欲望ははっきりしているわけだから、雑多混沌の世界を磁石で一方向に吸い寄せるみたいに、欲望が自分なりの世界の見取り図、構図を形づくってくれるね。若いあいだはそういう構図っていうものを形づくりやすいと思う。たいていの詩人は十代から二十代にかけてそういう経験をしてるはずなんだよ。ところがそれ一回で終わっちゃう人も多いんだよね。完全に自分のものにしたと思いこんでいた世界の要素が、いつのまにかボロボロとこぼれ落ちてしまい、気がつくと自分のまわりにそれが雑然と漂っているだけで、自分もまたそれと同じ次元であてどなく漂い始めている、という感覚をもつと思うのね。

そこで自分をどのように立て直すかっていう問題がそれぞれの詩人に出てくるわけだよ。自分ではっきりと「こうしたい」とか「こういうものを書きたい」とかいう欲望、目的意識が薄くなったときに、俳句や短歌を作る人ならやさしい母親のごとき定型があるから、なんとかかんとか作品にしちゃうことができるわけでしょ。哀れなことに、現代詩人は定型をもってないから、スランプに陥ったときには救いようもなく見るも無残な作品しか作れない。

ぼくの場合はどうだったか。以前から新古今和歌集や蕪村や芭蕉、万葉集にも関心があって自分なりに読んでいた。しかし、ちょうど二十代後半から三十代にかけてのスランプにあたる時期には、ヨーロッパやアメリカの詩や小説の方にむしろ関心があった。職業的にも三十代の前半までは新聞社の外報部記者だから、外国語ばっかり読んでるわけでね。勤め先でも、暇なとき、外国語であれば小説を読んでいたって文句は言われない。究極的には外報部記者としての役に立つからね。だから外国語の本ばかり読んでいたんだよ。その限りではもちろん定型のもつ、暖かくやさしい母の手なんてもののことは考えなかった。第一、外国の詩に自分を同化して読むという読み方だったから、さっき言ったようなかたちでのスランプは、あまり感じずにすんだんだ。

いまから考えれば何を読んでいたんだか、ほんとはよくわからないんだけれども、エリュアールの詩を読んでいても、エリュアールと自分とのあいだに言語的障壁はないように感じてたんだな。もっともある時期までは、むずかしいなあ、こんなものと思ってたけど、あるときを境に、わかったぞと思ったんだ。そういうふうに外国語の詩によって擬似的に救われていた時期があった。

そうしているうちに、たとえばラジオ・ドラマとかテレビ・ドラマなんてものまで書かされたし、舞台の作品も書いた。文芸批評も美術批評も映画時評も……、要するに散文におけるさまざまな文体の勉強をやっていたわけだな。そのために、もしかしたら非常に危ないところまで来ていたかもしれないのに、それに気づかずに過ぎちゃった。しかし、年齢的に三十代後半に入ったときに、だんだんとそれが問題になってきた。当時、まあシュルレアリスムの詩なんかを読んでいたわけだから、「おれだってできそうだ」っていう気になって日本語でやってみる。すると当然うまくいかない面があることがわかってくる。たとえば自働記述なんてものも、日本語でやる場合、音としてのひらがなだけじゃなくて意味を帯びた漢字がまじっているから、必然的にフランス語の自働記述とは違う性質があるんじゃないか。そのことははじめから考えていたけれど、それでもこれは自分の詩を拡げていくためのひとつの試みだと思ってやったんだ。だから自分としては、フランスの自働記述とは違うとはっきり意識しながら、なおかつ日本語で自働記述をやったらどうなるか、最初から限定つきでやっていたんだね。それは一方で批評活動をやっていたこととも深くつながると思うんだけどね。

結局、ぼくは二十代、三十代に欧米の現代詩や現代美術に深く惹かれつづけたわけだが、たえずそこから立ち帰っては考えていたのは、どういうところに日本語表現のあるべき姿としての現代詩っていうものはあるんだろう、という問題だったわけね。

四十歳になったころには、もう繰り返し繰り返しその自問自答をやっていた。同じ頃に安東次男さんたちと連句をやってみて、わずか一行の五・七・五、あるいは七・七というものが、どれほど動かしがたく重要であるかっていうことが身に沁みてわかったわけだ。詩句はたんにたった一行で完結するものではなくて、きちんと完結していながら、同時に次に付ける人に対しては無限に開かれていなければならない、という要求を満たさなくちゃならない。それを一方でやりながら、同時に形式の自由な詩を書いていて、自分自身の変化をはっきり感じた。それまで三十代半ば頃に書いていた詩とは違って、一行書いてその次の一行を書くとき、自分が瞬間的に他の自分になっている、っていう感覚があるわけね。つまり、ひとりで連句をやってるんだよ。付け句をしてる。そうしてると、一行一行が全部粒々に立って互いに照らし合い、呼応し合っていないととても許せない、というふうになってきたんだ。一行が立っていればいいるほど、次の一行が付けやすいんだね。そうでなくて、次の行へ向かってしなだれかかっていき、「さあ私を抱いて」って言ってるような一行は絶対ダメなんだ。次の行はそれを抱きかかえられなくて、いっしょに倒れちゃう。一行が他を圧してピーンと立ってるという状態だと、次の行もちゃんとそれに合わせて付けられる。連句なんてものは外側から見てると、誰かがちょっといい加減な句を付けても、次の人がちゃんと救ってくれれば辻褄は合う、というような馴れ合いのものだと見えるかもしれないけど、どっこいそんなことはないんだ。一人一人がピーンとしていないと全部が崩れちゃうね。実際に連句をやってみて、そういうことがよくわかったわけだよ。一行一行が立っていて、それゆえに次の行を完全に受け容れるだけの開かれた姿をしている、ということが大切なんだ。

それがわかった結果、楸邨さんの句を自分の詩のなかにとり入れてみようっていう考えも出てきたと思うんだよ。だいたい『悲歌と祝禱』（一九七六年）にまとめた詩は、そういう態度が生まれてくる経過を全部含んでいるんだな。まあ、以上のような意味で、ぼくの引用はほかの人とはちょっと違うかもしれない。これまでぼくの歩んできたプライベートな歴史が、こうしてここへぼくを導いてきているっていうことでね。

粟津　よくわかるな。つまり、自分を他者としてたえず突きはなしながら、そういう自分とのあいだに、言わば開かれた対話の場を作ろうとする動きが一方にあって、その動きが楸邨さんという他者との対話を可能にしたというわけだな。これはぼくは、引用について考える場合、とても重要なことだと思うね。引用を試みている作品を読んでぼくがしばしば感じるのは、たしかにそこにはおのれの内部の抒情を単純素朴に押し出すというようなことは消えているけれども、にもかかわらず対話がないということなんだな。引用する対象から対話する能力を奪い去ったうえで、引用しているということなんだな。そのために、ひどく主観的な印象を受けるんだよ。しかも作者自身はなまな主観などとうの昔に捨て去ったと思っているだけに、困るんだよ。こういう楽天的な思いこみと引用論が結びつくと、ますます事態は悪化する。捨てたと思っているのはわれわれの思考のある習慣にすぎないし、出会ったと思うのは、他人という名前にすぎないんだからね。そういう点、きみの話はよく納得できるんだよ。

引用によって現われる批評意識

粟津　ところできみには、楸邨や俊成や百人一首に対する挨拶のほかに、吉岡実の「贋作」や、入沢康夫との相互模作といった作品がある。つまり、同時代の詩人たちと、引用、引喩という関係を作り出そうともしているわけだけれども、そこには楸邨さんなどに対する場合とはまた異なった困難があると思うんだな。吉岡実にしても入沢康夫にしても、きみがさっき言ったような、定型の欠如に由来する現代詩の文体の不安定に鋭い意識をそなえている人たちだね。そういう詩人同士が引用、引喩という関係を結ぶということのきみにとっての意味あいはどういうものなんだい。

大岡　うん。吉岡実に関して言えば、ぼくと彼とは非常に親しい友人で、もうずいぶん長く付き合ってきて、いっしょに同人雑誌をやったりもしてきた。彼の詩は出れば必ず読んでるわけだ。だからある意味では彼の詩については、全体がほんとはよくわかってないのに、感覚的にわかったような気分になってるってところもあるだろうね。正直に言って、吉岡実の詩は飛躍が多くて意味連関がわからない部分もかなりあるんだよ。少なくとも説明できないんだな。しかし彼の詩は、わからないときでもなんだかふしぎにおもしろい。そのことについては以前から興味をもっていたんだ。そこへたまたま「現代詩手帖」が吉岡実特集を編むときに、ぼくに吉岡実の詩のパロディをやってみないか、という話があった。やってみるって答えたのは、吉岡実の詩をどう盗むことができるか、そこに興味があったんでね。自分自身にとっての必然性ということから言えば、吉岡実の詩とぼくの詩とは、とにかく全然違うだろう。それでも彼の詩がおもしろく読めるのはなぜだろう、という疑問があったからなんだよ。こういうときには批評的に外から眺めて論じるということも、もちろんできるんだけれども、それを模倣して、つまり贋作してみれば、吉岡実の作品のもっている秘密がヒョイと摑めるということもあると思ったんだ。まあこういうことは普段でもやればやれるんだろうけど、チャンスがないとなかなかできないわけだよ。それでまあやってみたんだけど、結果的に自分でわかったと思えることがいくつかあるんだ。

それは、吉岡実の詩は意味でつなげていくと贋作できないけれど、スタイルでもってある部分を強調していくと、なんとなく吉岡実らしいところが出てくるんだね。そのひとつは体言止めを多くすること。ぼくの詩っていうのは、体言止めが少ないんだよ。なぜかって言うと、ぼくはある持続的な動きっていうものを詩のなかで保ちたいと無意識にしろ求めているからなんだね。だから楸邨さんのケースでも、句を一度ばらばらにして、その句が発生するプロセスを書きたいと思ったんだろう。ぼくの詩は用いる語彙で言うと、動詞が比較的重要な位置を占めてるはずでね、しかも動詞が一行の終りにくることが多い。動詞に限らず、動きを暗示するような、あるいは詩句全体が動いていくような書き方が、ぼくの生理から自然と出てきちゃうのね。それから一行が次の一行に関わっていきながら、次々と詩を展開させていくという書き方、つまり一行と次の一行がどこかでつながっている。ところが吉岡実の詩では、一行と次の一行とのあいだに意味はほとんど通じていないと思える場合でも、じつに安らかに次の詩句が立ち上がっているっていうことかあるんだね。

これはたぶん吉岡さんが、若い時分に俳句をやっていたことから得た、貴重な技法のひとつだと思うんだよ。つまりパッと切る、俳句の切れ字の意識ならびに技法だね。切ることによってふたつのまったく異質な要素を一句のなかでつないでしまう修錬を彼は積んでいる。彼が少年期に好きだったのは、山口誓子や西東三鬼のような、新興俳句が出てきた当時の、花鳥諷詠から一歩踏み出した新しい人たちだったはずで、ことに初期の山口誓子の場合、ものの切り離し方、また結びつけ方がたいへん特徴的だ。「かりかりと蟷螂《とうろう》蜂の皃《かお》を食《は》む」のように、写実を超えたことばの世界を通じて、ものがもの自体としての意味を語ってしまう俳句を作る人だ。吉岡実の詩を読む場合に、そういう人の作品と照らし合わせてみると相通じるものがあると思う。

粟津　なるほどね。そういうものか。

大岡　そんな点は以前から感じていたんだけど、実際に贋作を作るつもりで吉岡実の詩を眺めてみると、体言止めで次々に違う情景を一行ごとに繰り出していくのを、大切な詩の方法としてるっていうことがわかったような気がした。もうひとつは、時どき掛け声っていうか、命令形を使うことね。それが彼の場合には詩の弾みになっている。これにはたぶん、彼が西脇順三郎の初期の詩などから体得したものもあるんだろうと思うんだけどね。現代詩における命令形の問題っていうのを考えてみると、詩にわりと命令形を用いる詩人と、全然使わない詩人とがいるように思う。命令形を多く使う詩人の場合、詩のなかにリズム感がおもしろいかたちで出てくる。ものや人やことに対して「かくあるべし」とか「かくあれかし」と言うと、その次には必ず空白が来るから次の行ではパッと違う情景が出せるんだよ。場面転換がしやすくなるんだ。それから、もちろん命令形を使うっていうことは、詩を何ものかに向かって開いているということをも表わしている。つまり、必然的に詩句が明るくなってくるわけだ。吉岡実の詩は、全体として陰湿な世界を対象としている場合でも、詩全体としてはカラッと乾いている。それはひとつには命令形を効果的に使っているからなんだ。

こういうことが吉岡実の模倣をしようとしてぼくが注意したところだけれども、ただしあの贋作の試みでは、ある部分で非常にはっきりとぼく自身を出している。そして一方では、そっくり吉岡実的なことばをも、ときには引用しながら使ってるわけね。だから全体の感じは吉岡実ふう、けれども内容としては、吉岡実のとくに前期の詩をこういうふうに読んだぞ、というところが出るようにもしてある。それから「わが馬ニコルス」っていう吉岡さんの詩句の「ニコルス」をアナグラムにして「ルスィコン」にしちゃうような遊びもやってるね。

粟津　うん。ぼくはたいへんおもしろく読んだんだ。ただ、「おれはこういうふうに読んだんだ」というきみの批評性のありかたが、楸邨さんに対する場合と吉岡実に対する場合とでは微妙に違うんだな。まあこれは、一方が俳句を組みこんだものであるのに対して、一方は「贋作」であるというスタイルの違いのせいでもあるんだけれども、それだけじゃないようなところがある。なんと言うか、楸邨さんに対する場合ほど、吉岡実の文体を信じきってはいないようなところがある。楸邨さんの場合だと、きみの批評意識がのびていった先に、楸邨さんの句が立っているわけだけれども、吉岡実の場合は、きみの批評意識の動きかたがもっと不安なんだな。不安定じゃないけれども、不安なんだよ。吉岡実の特質としてきみがあげた体言止めや命令形、それが吉岡実においてもつ意味についての指摘など、ぼくもまったく同感だし、きみが使っている吉岡好みのイメージなど、じつにうまくて感心したんだけどね。そういうことと、一方できみが「ある部分で非常にはっきりとぼく自身を出してる」と言っていることとのかかわり方がおもしろいんだな。「贋作」という試みがおちいりやすい落し穴は、本物よりも一見本物らしくなってしまうということでね。そういうことが起こるのは、他人になりきっているようで、じつは他人を自分のなかに解消しているからなんだよ。きみの「贋作」がもの真似に終わらず批評になっているのは、そういう点なんだな。きみは「ぼく自身」というひとりの人物をはっきりと打ち出すことで、吉岡実とのあいだに対話の場をつくろうとしているんじゃないかね。相手と重なりあいながら、同時に相手を他者として遠ざけようとしているんじゃないかね。これは、たいへんな工夫を要することで、ここには、吉岡実ときみとに共通する現代詩人の不安があると思うんだよ。相手がかりに古歌や古句だとしたら、こういう屈折した工夫は強いられずにすむんじゃないのかね。だけど、こういう工夫を抜きにすると、きみが、かりに意味がよくわからない場合でもおもしろいという、吉岡実の詩のあの魅力的な気配が、これほどくっきりと浮かび上がってはこないんだよ。

大岡　まあ、そういうことだな。

他者との新しい通路を見出す

栗津　ところが、入沢康夫の模作をする場合のきみの姿勢はまたちょっと違っていて、そのこともぼくにはおもしろかった。この模作には、きみの奥にたぎっている感情の渦のようなものが、びっくりするほど直截に流れ出しているようなところがあるんだよ。もちろん、吉岡実の贋作の場合でもきみは自分自身で打ち出しているんだけれども、こういうことはない。相手が、楸邨、吉岡、入沢と変わるにつれて、きみの姿勢がこんなふうに変わるということがぼくにはとてもおもしろかった。こういうことはのっぺらぼうな引用論じゃ片づかないな。

大岡　そりゃそうだな。それでいまの入沢君のについて言えば、「文藝」に出た「潜戸から、潜戸へ」っていう入沢君の作品を見て、それをぼくが模作し、入沢君は入沢君でぼくの、のちに詩集『水府』（一九八一年）になるはずの連載詩「見えないまち」シリーズのなかからいくつか選んで模作をするという相互模作のかたちでやったんだけど、「潜戸から、潜戸へ」の模作の場合、きみがいま言ったように、模作でありながら自分自身の感情をワーッと投入しているという面がある。それはなぜかと言うと、幸運というか偶然というか、彼が詩のなかで引用し、あるいは下敷きにしていたのがまず第一にはラフカディオ・ハーンであり、またネルヴァルや福永武彦やジョイスだったわけだけれども、そういうメンバーだったから、ぼくはそこに入沢君が扱っていない岡倉天心というもうひとりの人物を、ぼくの側からの強い興味によってつけ加えることができたんだよ。天心の姿を、入沢君の構図のなかに加えてみるっていうことを、最初に読んだときすぐに思いついたわけだ。つまり、散文的にさえ説明できるくらいはっきりした構図がすでに入沢君の詩のなかにあって、そこへぼくがもうひとつの物語を加えたわけだね。

岡倉天心がラフカディオ・ハーンの女性問題のゴシップを弁護する真情溢れる手紙をわざわざニューヨーク・タイムズへ投書し掲載されたエピソードがある。その点で天心はハーンに結びついている。そこで、入沢君の詩に天心という人物を絡めて、ぼくなりのハーン像を付け加えるということができた。また、入沢君の詩で引かれているジェイムズ・ジョイスの『若き日の芸術家の肖像』というのがぼくの青年期に最も愛読した小説のひとつで、あるページなど勉強のために翻訳してみたりしたくらいでね。思い出深いものなんだよ。それにハーンも大好きで、彼の『東西文芸評論集』もかつて古本屋で見つけて愛蔵していた。そのなかにハーンのネルヴァル論が出ている。ハーンもネルヴァルも入沢康夫と深くつながっているんだね。ハーンは彼の故郷出雲との関わりでとても大事な人だし、ネルヴァルはもちろん彼の専門だ。そういう意味で感情的なつながりがある。それを享けて、ぼくはぼくの感情的なつながりを書いたわけだ。そういう点では、吉岡実の贋作をするときとは態度が違うわけだ。入沢君の場合でも、ほかの詩だったらぼくはああいうふうには書けなかったと思う。

その詩それぞれのもってる論理、生理というものを、ぼくがここまでは読めた、とかここまではわかった、とか思えたときに、はじめてそれに即したかたちで書ける。けれども、それはつねに同じ方法でどんな詩に対してもできるということではなくて、その時どきの作品へのぼくの距離や態度によって違ってくる。

栗津　なるほどね。ぼくは、これは吉岡実と入沢康夫との資質の違いのせいかと思っていたんだよ。資質的に、大岡信は入沢康夫に対しては感情を流露しうるようなところがあるのかと思っていて、きみが入沢君のほかの詩ではこうならないと言うのが、ちょっと意外だったね。

大岡　ははあ、なるほどね。それはね、かなり違うと思うね。ただ世代的な開きの具合か吉岡実の詩のことばよりも入沢君のことばの方が、ことばひとつひとつの磨き方とか湿り方ということではぼくに近いような気がする。吉岡実のことばは乾いているものね。

栗津　うん、よくわかった。そうだとしても、入沢君に対する方が感情を出しやすいということにはならないからな。ところで、引用や模作の対象によるきみの姿勢の違いは、書きながらはっきり意識しているわけだろう?

大岡　そうだね、楸邨さんの句に関しては、一句一句そのたびにこちらが直面する問題が違ってくるというふうには思わないもの。短い一句一句が放射してくる楸邨の人間像は、どれをとっても同じなんだよ。だけど吉岡実の場合だったら、もちろんぼくの友達で、肉体も顔の表情も精神のかたちも、みんなわかっているような気がするけれども、ひとつひとつ詩を読むたびに「これは意識的にスタイルを変えたんじゃないか」とか「ここのイメージはどういう吉岡の内面から出てきたんだろう」とかいう戸惑いあるいは自問をいだくわけだ。それがまた刺激になっておもしろいんだけどね。それは入沢君の詩でも同じことで、一行一行を読み進めながらその場面の内側に自分を投げ込んでいける場合には、次々に展開する世界と自分が共鳴し、楽しめるんだ。逆に詩を成り立たせている根っこの構造をうまく把握できないままに読んでいくと、これがどういうところから出てきてるのかわからなくなる。それでも、ことばの緻密な織物それ自体のもつ魅力があるから、それを読む楽しみはつねにあるけれど。だから模作するというような場合には、入沢君の詩の成立根拠を問い返しながら彼と対話していかなきゃ、たちまちにしてまったく別の方向に別れていってしまうような気がするんだ。現代詩人の場合は、お互いに同時代でありながら、じつは通路を見つけていくことがたいへんむずかしくなっていると思うんだよ。通路をつけていくことこそ非常に大切なことなのに。

栗津　そう。そこで引用の問題が出てくるんだよ。引用は、他人の作品を自分の素材に変えることじゃない。他人との通路を見出す苦痛に支えられた工夫だからね。

大岡　だから結局、なんらかの意味で相手に対する批評が入ってこなきゃならないだろう。それは相手に対する批評であると同時に、必然的に自己批評なんだ。自分と相手とのあいだに通路をつくるには、いままで自分がドスンと坐っていたところでやろうとしても無理だから、どこかへ出ていかなきゃならない。そのときに、ではどこで出会うかってことだ。その場所をつくるってことが引用ということの根本的条件としてあると思うね。

栗津　その場所を自分にとって不可欠なものとしてどれほど意識しているかということだな。

ところで、那珂太郎さんと入沢君が、「わが出雲」と「はかた」とを対象にして、相互改作ということをやったわけだ。もちろん、われわれは、他人の作品を読むときには、多少とも改作ということを試みているわけなんだな。ある詩句に心を動かされればわれわれのなかにさまざまな反響が起こり、次の詩句を読んで、なんだせっかくあんないいことばを書いたのに、と思ってがっかりしたりするけれども、そういう意味では、批評はたえず改作の試みをはらんでいると言って言えなくもないんだな。すぐれた詩とは、そういう読者の側の改作の試みをおのれの持続のなかに収斂してしまうようなものなんだよ。だけど、そういう改作の試みが、二人のすぐれた詩人の相互改作というかたちまでとるにいたったということは、ぼくにはとてもおもしろい。きみは改作はやらないのかい？

大岡　改作はしたことないね。ぼくはやっぱり人それぞれの自然体というものが好きなんだろうな。もちろん那珂さんと入沢君の場合も、そういうチャンスが与えられたからやったということだろうけどね。ぼくは根本的にはどんな人の詩でも、間延びしていようが破綻していようが、最終的になにかがあればいいって思うところがあるんだよ。批評家としてはずいぶん甘いと思うんだけどね。一人の人間がもってることばの働き、機構っていうものは、つまらないものに見えても案外大事なんだっていうことをたえず感じているからね。簡単には「これはヘタクソだ」とか「短くした方がいいね」なんて言えないような気がするの。

栗津　そりゃそうだ。ただ、那珂、入沢両氏の場合は、きみが吉岡実の贋作を試みたときにやったことを逆の方向からやろうとしているような気もするんだよ。改作ということを厳密に考えれば、あの試みは中途半端なものだという印象を受けなくもない。たぶん、お互いの遠慮もあったんだろうけれども、それだけじゃないんだな。あの人たちの試みには、本質的に中途半端にならざるをえない微妙なところがあるんだよ。テキストそのものが彼らのなかで一種の模作に変わっているんだな。一方、改作の部分はそれと対話させるための「自分自身」なんだな。そんなふうに考えてみると、よくわかるところがあるんだよ。できるだけ相手と重なりあいながら同時に相手を突きはなすという動きは、そういう意味ではここにも働いているような気がするんだ。もっとも、入沢君がこういうことを試みるのはよくわかるけれども、那珂さんの場合は、ちょっと考えると意外な気がしなくもない。

大岡　それはたしかにそのとおりだけど、観点を別にしてみると、那珂さんにも改作をやる動機がありうるとは思うよ。

粟津　そうなんだ。よく考えればわかるんだ。あれほど引用と引喩を重ねて詩を作っている人だし、制作の主体としての自己などというものは信用しなくなっちゃっている人だからね。

大岡　そう、その問題だよ。制作の主体としての詩人を、そんなものは作られ表現された言語構造体に比べればなんの価値もない、という考え方ね。そこまで言ってしまえば、改作ということもやりやすくなるんじゃないかな。

粟津　ただ、入沢君のように、仮構された語り手をさまざまなかたちで作りあげるという手法をとる人と、那珂さんのように、自分を無化して非人称の場を作りあげようとする人とは微妙に違うからね。そういう二人が相互改作という関係で結びついていることが、とてもおもしろいな。

大岡　そうねえ、そのへんはそれぞれの人の生き方だと思うけど、いわゆる状況論的な言い方をすると、那珂さんと入沢君の試みというのは、やはり特殊な試みだと思う。ほかの人たちがやるとすれば、改作の前の段階として同時代の詩人を理解することが大事で、そのためにはまず模作をするってことじゃないかと思う。ぼくが詩を書き始めた十五、六歳の頃、戦後すぐの時代だが、出たり潰れたりしていた雑誌がいっぱいあったなかのひとつに、たしか竹中郁さんだったと思うけど、何人かの友人の詩人たちの文体模写の作品を発表していた。それをぼくはいまでも鮮明に記憶している。そのとき自分でもやってみようと思って、いくつか中原中也だとか立原道造だとか、当時ぼくの読んでいた詩人についてやってみたんだ。そりゃあもちろん、うまくできっこないわけだよ。詩人たちのもっているエッセンスというものをいちおう感じとってなければ真似なんかできないわけで、上っ面のことばだけで感激していた時代に模写なんかできっこない。しかしそのことをいまに至るまで記憶していて、あれをいつかもう一度やってみたいという気持ちがあるね。いまだったら自分の友達、たとえば飯島耕一とか谷川俊太郎とか同世代の連中や、少し下の吉増剛造や天沢退二郎の模作とかをやってみたらおもしろいかもしれないと思う。ただたんに読んでいるときとは違った理解ができるんじゃないかという、ちょっとした期待もある。実際にやってみると、ぼく自身の発見にもなるっていう予感があるんだよ。谷川俊太郎っていうことなら、ぼくは彼とは非常に異質だってことをよく知っているから、やるとすればまず彼のものからやる必要があると思う。

栗津　それでぼくがひっかかったんだ（笑）。あんまりきみが一所懸命になるからな。

大岡　そういうことだ。あそこではどうしても谷川の何行かを入れなきゃ、もともと谷川にあてた詩だから、どうにもならなかった。あそこでは自分自身の詩句だとしか思えなかったね。しかし谷川の場合には引用じゃなくて模作をやってみたいね。

自己意識に収斂する構造からの転換

栗津　模作ということは、じつにいろいろな問題をはらんでいるからね。もっともフランスでは自分の詩が批評家にけなされたことに腹を立てて、ランボオの新発見の詩と称する模作を作って仕返ししたやつがいるけどね。その批評家は、それを本物と思いこんだわけだよ。わが国では、とくに明治以後は、模作などということはほとんどやらなくなったけれども、フランス人は好きだね。たとえばプルーストだって、サント＝ブーヴの模作をやってるだろう？　あれはまあ若い頃の仕事だけれども、ああいうエゴサントリックな人が、ああいうことを試みるというのは、考えてみればおもしろいことだな。あれは一方では、個人を超えた散文の伝統の強い持続に対する信頼に支えられているんだろうけれども、いま一方では、そういう持続のなかに生じた亀裂を鋭く意識したせいだろう。ピカソだってそうだろう。彼の晩年の重要な仕事のひとつは、クールベやドラクロワやベラスケスの作品の模作だからね。もっとも、ふつうの意味での模作とは言いかねるような代物だけれども、あれもまた一種の引用と言って言えなくもない。あれほどおのれの本能に執した画家が、模作にとりつかれるというのもふしぎな話だな。

大岡　二十世紀の初めにピカソが創始した立体派の運動がある。これは最初は室内の静物だけで、戸外の風景はまったく扱わなかったわけだな。マンドリンだとか人間の顔だけで画面を一杯にできたわけだね。そういう点で、立体派はいわゆる室内以外の外部の世界をまったく顧慮せずにすんだんだけど、ベラスケスやドラクロワは、じつにたくさんの室内の調度や人物その他を、一枚の精緻きわまる画面のなかで消化する能力があったわけだ。言ってみれば、二十世紀のピカソたちはその一部分をとってきて拡大したにすぎなかったんだね。題材にしぼって言うと、非常に貧しい芸術だった。それが立体派のあとの抽象絵画になってくると、立体派のまた一部分をとって拡大したようなところがあるね。そんなかたちで二十世紀の前半が展開したという皮肉な観察もできるわけだ。それは精神の象徴としての絵画の再発見ということでは意味はあったんだけれども、外部世界と自己との関係で言えば、小さく自己の世界を局限したうえで、それを大きく拡大したっていうことも言える。バランスが危険なほど自己意識に傾いていた状態だったと思うんだよ。自分が外部世界とどういう関係にあるかということは無視して、小さな世界で自足できるような世界、これを言ってみれば立体派が鮮やかなしかたで用意しちゃった。もちろん立体派だけの責任ではないが。ピカソ自身はそこからすぐに抜け出て「ゲルニカ」を描いたり、第二次大戦後は朝鮮戦争を描いたり——あれはつまらない作品だけど——して外部世界と関わりを回復するわけだ。絵画上の論理としてはピカソ自身が立体派からはみ出ちゃっているんだね。そして晩年になると十九世紀以前の絵画を、いわば自分のもうひとつの外部世界として、これに縦横に関わろうとしていった。すると、模作ということが道順として出てくると思うんだよ。

粟津 きみの試みにもピカソとのアナロジーがあるのかい？

大岡 あるのかないのか、いま言ったことはぼくが必死にここで考えて、こういう論理が出てきたんだから（笑）。しかし、これはかなり当たっていると思うぞ。

粟津 いや、誘導尋問なんだけどね（笑）。

大岡 うん、だけど、それはかなりあるよ。ピカソに関してこういう考え方がいま出てくるということは、自分のなかに明らかにそういうものの考え方の軌跡があるわけだな。

粟津 それはわが国の近代詩についても言えることかねえ。明治の場合はまだ、古事記だとかが示しているような劇的な外部世界との関わりがあったけれども、そのあと、そういう要素は急激に消え去ったからな。

大岡 それ以後は萩原朔太郎でも誰でもみんな抒情詩だろ？　つまり自分自身の小さな感情の世界だからね。他の世界をどんなにことばの上で書いたとしても、根本的には自分自身の感情の世界であって、それと戦後の現代詩がどういう関係にあるかっていうことは、まだうまく説明できてないと思うんだよ。根本的には朔太郎や室生犀星の抒情詩の伝統というのは、いまだに非常に強固だね。彼らの抒情詩は言語がすばらしい構造をもっている。その上に立ってわれわれは詩を書こうとしてるんだけど、じゃあ朔太郎のピュアな純粋化された世界とおまえさんの世界と、どういう関わりがあるのかと自分に問うた場合に、かなりいろいろと疑問があるね。ぼくは朔太郎の作った世界だけにいるつもりはないけれども、抒情詩というものを書く以上、大きく言えばその圏内にいるんだろうしね。二十世紀絵画を考えてみても、大きく言えばみんな立体派やフォーヴィスムが作ったレールの上を走ってきているとも言えるだろう。その尖端に立って、いまの若い芸術家たちは迷っているわけだね。

栗津 まあ、きみが壮大なる叙事詩をやがて書くとはあまり思えないけれども……。

大岡 いや、それは書く可能性があるんだな（笑）。

粟津 可能性がないとは言わないよ。少なくともピュアな抒情詩に自足できないということはじつによくわかる。楸邨さんや吉岡さんや入沢君などの作品と結びついたきみの一連の仕事を読んでいると、相手によって微妙に変化するきみのさまざまな姿勢が収斂する先を見定めたくなってくるんだよ。すると、それが個人的主観的な抒情詩にはおさまりきらぬものであることがよくわかるんだよ。つまりそれは、「一種の叙事詩」とでも言うほかはないようなものなんだね。主観的な語り手としての作者は消え去り、無数の語り手が現われ、さまざまな引用が交錯する、そういうなにかなんだな。もちろん目指すものは人によって違うにしても、われわれが骨がらみになっている、そのくせわれわれとのあいだに妙によそよそしい風が吹いている抒情詩との関係をはっきり見定めなければ、いま引用などを論じている意味はないと思うんだ。

大岡 そうだ。ぼくは十年ぐらい前からちらりちらりとそんなことを頭のなかでは考えているんだよ。それを書くとすれば、自分が十代のときに日本が戦争に負けた、あの当時のことがどうしても切り離せない出発点としてあるとつねに意識してるから、そこに最初のテーマをおくほかないと思う。自分自身を語るという意味で、ある部分は抒情詩でありうるけれども、同時に時代や歴史をどうやったら書けるか。

粟津　それは楽しみだね。だけどおそろしくやっかいな仕事だと思うな。現代の社会、それもとくにわが国の社会は、抒情という支点に巻きこんで、せまいながらもある凝集力をもった世界にしないと、いたるところで亀裂や肉離れを起こす危険をはらんでるからな。いまきみが叙事的になるのは、死んだ人が出てくるときだな。普通は死者を扱うと抒情的になるんだけれども、きみは叙事的になる。おもしろいな。死者はじつに痛切な存在だけれども、同時にきみとは離れたものとして、きみの外に確固として存在しているためだろうね。そのために、きみの抒情性を超えたものが現われてくるんだな。もっとも、また抒情詩に戻ってくるけどね。

大岡　いまあわてて離陸するのは非常に危険だと思っているからね。

粟津　危ない、危ない。東京湾に落っこちるからやめとけ（笑）。

現代文化と引用

大岡　つまり、それほどには現代の日本語っていうものを信用していないからな。

粟津　うん、いまたいへんに重要な発言が出たからね、これはゴチックで組んでくれよ（笑）。

現代の詩人の、じつにつらいところだろうね。

大岡　十分には信用できない。たとえば蒲原有明や薄田泣菫も同時代の日本語を信用できなかったね。それで彼らは古語、雅語、死語っていう方向へいったわけだよ。ぼくはそういう方向へ自分を絞ってゆく気は全然ないのね。現代のことばで書く。これははっきりしているけれども、これはむずかしいね。ひとつには、もうぼくの年齢では、現代の若い人たちの日常使っている流通言語は気軽に使えない。

粟津　そうだろうね。たとえばエリオットなら、『荒地』のなかで、ボードレールやダンテや「トリスタン」などを引用する一方で、「お時間です、おいそぎください」(Hurry up please it's time) などという日常耳にするせりふの断片を引用する。こういう別種のことばを抱きこめるんだよ。

大岡　それはやはりヨーロッパの特性なんだよ。

粟津　そう。日本の詩人が一方で楸邨を引き、一方で「お時間二千円でございます」なんて使ったって、エリオットみたいにはうまくいかないんだよ。

大岡　それができるようになる時代っていうのは来ないんじゃないかっていう予感があるんだけどね。そういうものが成立するためには、いまの日本語っていうものは表層が次々と崩れていきすぎるよ。

粟津　そう。日常語そのものが、非常にやわなものになっている。生活感で内側がしっかり支えられているところがない。かと言って、詩語が確固として、しかもなまなましい手触りをもって生きているわけでもない。最近、マルセル・デュシャンが若い画家たちの尊敬の的になっているけれども、彼の、たとえば「レディ・メイド」があれほどの衝撃を与えたのは、レディ・メイドそのものが、生活感のなかにしっかり根づいていたせいだからね。

大岡　言い換えれば、芸術をそれだけ信用できていたわけだね。つまり「これは芸術です」って言って、傘立てかなんかをもってきて、題名をつければ芸術になっちゃう。それは言い換えれば、デュシャンが裏返しの芸術至上主義者だったっていうことなんだな。そういう意味では、デュシャンっていう人は、たとえばポール・ヴァレリーとまったく同世代なんだよ。それ以後の世代とは関係ないんだよ。

粟津　ぼくもそこを言いたいわけだ。レディ・メイドの芸術っていうものは、そこにレディ・メイドへのたいへんな信頼があってはじめて成立するわけなんだ。

大岡　ぼくがたとえばいま便器をもってきて「これは泉だ」って言ったとしたって、なんにも芸術にならない。デュシャンはその命令行為を含めて、あれを芸術作品と等価値であると言った。そしてあれは芸術として残った。だけど現代においては、芸術っていうものが一方に厳然と存在して、それとまったく無関係のものが、他の場所に散在するっていう構図は描けないんだよ。境界線がはっきりしないからあるもの、ある作を指して「これは芸術だ」と言ってみたって、別の価値観に立つ人は「へえー、さよか」と言うしかない。現代の日本語について言えば、次々と新しい流行語が出てくる。まあ流行語の問題なんて大したことないと言えるんだけど、流行語によって形づくられていく若い人たちの感受性の問題は、そう言ってすむものではないと思うね。テレヴィジョンやラジオ、マス・メディアで刻々増産され、伝達されている流行語がどんどん溢れている。ことばの論理性ではなく、発信音だけで理解しあってるつもりの会話を交わしている。そういう場合、感覚的な刺激は豊かだけれど、いわゆる言語体験は極端に画一化されて貧しいから、その人びとに対して論理的な構造をもった言語を発しようとする人は、必ず自分が失望するか時代遅れという劣等感をもつか、それで終わっちゃうだろう。あいだに対話っていうものが成り立たないからね。

粟津　だから忘れちゃいけないのは、引用っていうのは対話だっていうことなんだな。対話の可能性の問題なんだよ。当然、異なる感受性に触れるわけだろう。そこで俊成や楸邨に触れ、入沢や吉岡に触れて、それらを結びつけようっていうのは容易なことじゃないな。でもそれは詩人がやらなきゃいけないことなんだよ。

大岡　まあ、ぼくの方法としては批評っていうものをたえず介在させるしかないんだな。相手をこう見ているんだっていうことを、実作のなかに含ませつつ、一個の実作を見せなきゃいけない。

粟津　そこできみは極端に批評的になってるんだ。ことに吉岡実に対するきみの批評意識の緊張には、ぼくはびっくりしたね。

大岡　なるほどね。それは意外なことだね。ぼくはそれほどには思ってなかったな。あの作品はじつは非常に簡単にできちゃっているんだよ。いつもぼくは画学生の使う安物のデッサン帳に詩を書きつけてるんだけど、ちょっとことばのドローイングをして手ならしをしたあとは、だいたいもう雑誌に出たようなかたちになってるんだよ。これはひと晩でできた。楽しんだし、気分的には吉岡とおしゃべりしてるような感じでね。自分では批評意識が鋭く出ているっていう気はないんだけど、結果としてそうなったってことはありうるね。つまり吉岡の詩を、ぼくはこう理解しているってことを出したいから、意識的に近づけようとする。そこに逆にぼくが出たんだろう。入沢康夫の模作の場合は、最初はもちろん入沢君から出発しているけど、ストーリーを仮構できるような材料に恵まれていたから、あとは自分の立場でずーっと書いている。その違いはあると思うね。

栗津　そういうことなのかな。

大岡　突然古い話をすると、日本の詩学で言えば、引用っていうことは「本歌取り」って言ったわけだね。その意識は平安朝前期の『古今和歌集』あたりにも少しは出ているんだけど、本格的には『古今集』が大きな権威をもったために生まれてきたものと言える。だから『後撰集』以後になって、その意識がはっきり出てきた。女でも、たとえば清少納言なんていう人はたえず引用するわけだよ。「香炉峰の雪はいかならむ」とか問われると、ちょっと御簾を上げてみせる。そういう現実生活におけるしゃれた引用というかたちで、自分が古典をどれほど理解しているかってことを支配者に示したんだな。女だてらに中国の古典も知ってますよ、と行為における引用で示しているわけだ。また、誰かになにか問われたときに、咄嗟に古歌を引用して、一語だけちょっと入れ変えたりして、当意即妙の答えをして喝采を博すようなことも出てくるんだ。要するに引用っていうのは、その場の雰囲気に合わせて、みんなの知ってるものを変形して使うことだったのね。平安朝末期に『梁塵秘抄』を編んだ後白河院はそういうことが大好きで、一方で信心にも篤い人だったんで、たえず神社仏閣に参詣してはすぐに、「今様を奉納しろ」と家来に言うわけだ。今様を唱うことがお経をよむことに匹敵するという考えがあったから。家来のなかでうまい具合に歌ったやつには褒美が出る。そのときに彼らの歌うのは、もちろん創作の歌ではないんだが、すでにみんながよく知っている歌の地名などを、その場の地名に替えて歌ったりするだけで、「折りに合って見事な歌を歌った」って、絹何反とかの褒美をくれるわけだ。こういう場では、引用ってことが生活必需品にもなったんだね。それが可能だったのは、参加者全員が共通の趣味や教養をもっていたからだ。文学者がひとりキリキリと頭のなかで考えるっていうことじゃなくて、相手と自分とのあいだを当意即妙に古典的なものを媒介にしてつないでいく、そのカスガイとして引用があった。

その意識がやがて文芸の世界で非常に洗練されてきたのが、いわゆる本歌取り。だから本歌取りっていうのは、言ってみりゃ、平安朝の最盛時の美わしき王朝文化っていうものがもう衰え、滅びていきつつあるときに生まれてきたものとも言えるね。本歌取りっていうものを日本の歌学のなかで厳密な方法として承認し、学問としてまで高めちゃったのは、なんと言ったって藤原俊成・定家父子だね。これは平安朝末期から鎌倉時代にかけての作業だよな。定家が『詠歌大概』なんかのなかで本歌取りについて説明しているんだけど、それによると『古今集』、『伊勢物語』、『後撰集』、『拾遺集』、それに三十六歌仙のうち、人口に膾炙したものならば、五・七・五・七・七のうちの二句まで、あるいはあと三、四文字までは使ってよろしい、ということなんだ。ということは、一首のうち半分ぐらいまでは、そっくりそのまま使ってもいいっていうことなんだね。ただし、古歌では春のものを秋にするとか、恋の歌を思想的な歌にしちゃうとかっていうかたちで、情景を変えてしまうこと、それから近代、つまり過去七、八十年のものは使っちゃいけないっていう条件があるんだよ。

なぜそうなったかってことはいろいろ考えられると思うんだけど、みんながそらんじている、古典的にしっかりしたものならば、それを使うことによって新しい作者はひとつの安定を得ることができる。しかも、情景をちょっとずらすことによって余情ってものをも獲得できるわけだね。つまり人びとは「これはあの歌のあの情景だ」っていうことは知っているんだ。ところが「あの歌では春だったのに、この歌では秋になっている」となると、かつての名歌が春を詠んだということがまず読者の脳裏に浮かんで、にもかかわらず目の前の歌では秋の詩句として使われている。そこで、両者のあいだにズレができて、これが余情を生んだ。だから、ズレの空間を非常に重んじているわけだよ。それは言い換えれば、歌が扱っている元の原材料は問題にせず、ことばの上で新たにひとつの世界を作るっていうことなんだね。だから新古今時代になれば、第一次マチエールはあまり問題じゃなくて、第二次マチエールとしてのことばっていうものが、非常に重要になってきたわけだ。するとそこで余情を生み出すものがあれば、有利な材料として使えたわけだよ。だから、ここでは引用っていうものは、切羽詰まった材料の増強手段でもあったわけだ。現代の引用論が出てくる土壌も、たぶんこのへんと関係あると思うね。

共通の場の重要性と困難性

粟津　うん。切羽詰まった材料の増強手段という点ではまさしくそうだろうね。ただ、いまや事態は切羽詰まりすぎてるからね。いまのようにおそろしく季節感が稀薄になってると、春の歌を秋の歌に変えても、余情が生まれないとは言わないけれども、きわめて困難なことになってるんじゃないのかな。時間の感覚がこんなにのっぺりとした平板なものになってしまうと、過去についての痛切な思いも生まれない。近頃、若い人がウォークマンとかいうものを耳にくっつけて歩いているだろ。つまり、あれなんだな。すべてがおそろしく平板で、しかもそれが孤立してしまっているんだな。孤立していることを苦痛とも感じないんだな。こういう状態のなかで、余情を生み出すというのは、困難きわまることだと思うんだよ。しかも一方で、詩人の制作意識のなかでは、引用が重要な問題になっている。だけど、引用の前提は共通の場なんだからね。世間の人びとと、詩人の意識とのあいだのズレなんだな、問題は。これは、詩人にとって、おのれの身中の虫とのつらいたたかいでしょう。詩人にとっては必然的であり、きわめてリアルな問題であっても、読者の反応はズレてしまう。このズレの大きさを、十分踏まえたうえでの引用論が出てこないと困るのさ。ピカソが、ドラクロワやベラスケスをひっくり返したように、きみがなにかをひっくり返そうとしても……。

大岡　ぼくがひっくり返るだけか(笑)。

栗津　そう、そこで自分だけがひっくり返っちゃうっていうことも意識していない方法論が大手を振って動いているっていう一面があるんだよ。現代の詩は、詩なりに追い詰められて、論理はますます厳密と徹底を強いられて、結局、引用を語っても何が何だかわからなくなっちゃう。

大岡　だから若い人たちの詩で、一方ではそういうことが問題になっていながら、一方では自分の日常生活のディテールに極端に執着するっていう分極化現象も出てくるわけだ。

栗津　彼らは外部の現象を信じてないんだよ。「お時間です」っていうせりふのすごさを、エリオットほどにも信用してないんだ。

大岡　定家も七、八十年来のものは使っちゃいかんって言ってるんだから、彼も現代を信じてなかったんだな(笑)。しかしたとえば、ぼくが島崎藤村を引用したとして、若い人たちはそれが引用だってことがわからないだろうな。

栗津　ぼくも谷川の引用がわかんなかったもの(笑)。

大岡　いや、それはいいんだよ、同時代だから。しかし、恥ずかしいのは古典がわからないっていうことだな。つまり、引用っていうことが問題になっていながら、引用が成立する条件がないっていうことなんだ。

栗津　現在、引用、引喩が話題にもなり、この雑誌でもとりあげるわけだけど、引用、引喩はいま刻々とその効果を失いつつあるんだよ。

大岡　それは山岳写真家の写真を使ってパロディをやったが訴訟になったマッド・アマノの事件が物語っているごとくだね。本人は引用だって言い、引用された方は引用じゃないって言っているんだから。

粟津　ところが現代詩人にとっては引用がますます切実な問題になってきてる。気をつけておかないと、詩人の世界がますます閉じちゃうよ。しかし、開こうとしても開くべき対象のヴィジョンもないからね。

大岡　ぼくの個人的なレヴェルで言えば、ぼくの引用は相手への挨拶っていう意識を最低限もっていることが条件だね。それは同時に批評的接近なんだ。それを一人一人の詩人と行なうことによって、相手の世界でもなく自分の世界でもないような詩の空間をふたりのあいだに作っていくというかたちにしたいんだよ。

粟津　にもかかわらず、さっき吉岡のところで批評の過剰みたいなことを言ったように、きみのなかでも挨拶という観念が危険に晒されているんだ。ましてその危うさも知らずに、ただ楽天的に引用、引用って言っていると、引用さえすればいいっていうことになっちゃって、まかり間違えば、自分自身のいちばん大切な部分さえも潰すようなことになっちゃうよ。

（注）雑誌初出のさいに掲出されていた「和唱達谷先生五句」「秋から春へ・贋作吉岡実習作展」「潜戸へ・潜戸から——二人の死者のための四章」は省略しました。

詩のはじまる場所――安東次男の連句評釈をめぐって

栗津則雄
中村　稔

連句評釈と政治の季節

中村　安東次男とはずいぶん長いつきあいで、彼の第二詩集『蘭』(一九五一年)が出たころだから、詩人としての安東にはもう半世紀近く敬意を払ってきたし、安東次男という人間を愛してもきたけれども、今回は文学者としての安東次男について、『連句の読み方』を読みながら、いろいろ考えさせられることがあったので、このことについて話し合いたいと思っています。

この本は、もともとは一九七三年に出た『芭蕉七部集評釈』(続篇は一九七八年、集英社)が先にあって、その後一九八六年にそれを大幅に改定した『風狂始末』(続篇は一九八九年、筑摩書房)、『風狂余韻』(一九九〇年、筑摩書房)へとつづき、さらに一九九三年に『芭蕉連句評釈』(上下巻、講談社学術文庫)としてひとつにまとまったものですが、それらをこの連休中に読み直して、ついでに安東の俳句も通読して、いったいこのあいだに安東になにがあったのかをはじめて考えてみました。つまり詩人としての安東次男、歌仙を巻いた安東次男、芭蕉評釈をする安東次男、さらには細々とながら自身で句作する安東次男、そういう文学者としての全体像を考えたのははじめての機会だったんです。

はじめに結論めいた言い方をしてしまうけれど、安東が東京外大を辞めた――辞めざるをえなくなった――時期、もっとも定年まで辞めずに頑張ったのだけど、そういう方向に追い込まれた時期と、芭蕉の連句の評釈を始めたり、石川淳、丸谷才一、大岡信と歌仙を巻いた時期は、ほぼ合致するんですね。われわれは、あるいは私は、外部からなかば冷やかすような目で、安東の外語大問題とのかかわり方を見ていたのだけれど、じつはあの問題は、安東にとってずいぶん深い傷であり、また大きな挫折感、失望を与えた体験だったんだなあと思うと同時に、それが安東の生涯にひとつの転機をもたらしたんじゃないかと考えるに至ったのです。

手元の「安東教授辞職勧告に抗議する会」実行委員会が編んだ外語大問題の資料集（一九六九年十月）を見ると、安東に対する「弾劾・辞職勧告決議」というのが一九六八年の十二月二十四日に出ている。すると、それに対して安東はすぐ三日後に「回答ならびに質問」を提出し、年が明けていろいろな文学者たちによる安東擁護のための抗議声明が出されます。この署名者のトップには粟津がいるのですが、安東はそのあと一九六九年三月に「弾劾する」、六月に「再び弾劾する」という文章を書いている。その文章は「根っからの政治嫌いである。根っからの組織嫌いである。なにかと言えばすぐに集団化したがる甘ったれた根性に、我慢がならない」という書き出しで始まるのですが、「根っからの政治嫌いである」などというのは、『六月のみどりの夜わ』（一九五〇年）以来の読者としては、まあよくそんなことを言えたもんだ、と思うんだけれど（笑）、ただ、この一九六八、九年当時、そう言わざるをえないようなところへ安東は追い込まれていたとも言えるのですね。この外語大の騒動は、全共闘の学生たちの跳ね上がりという面があり、安東がそれにかなり同調したという側面がたしかにあった。安東家にも、しょっちゅう十数人の学生たちが泊まり込んでいましたよね。ぼくなどは、まあよく泊まらせてやるもんだとあきれていたけれども、一方で、驚いたことに外語大の教授たちは、学生たちを弾圧しようとするひと握りの教授たちと、安東にかなり同情的な岩崎力や渡瀬嘉朗といったごく少数の教授たちのほかは、大部分はまったく無意見なんだね。反対でも賛成でもなければ、付和雷同でもない。そういうほとんどの無意見の教授たちと辞職勧告を推し進めようとする教授たちによって、がらがらと学生たちも敗北し、安東は窮地に立たざるをえなくなった。そういう事情がこの資料集を読んではじめてわかったのです。そういう周囲の教授たちの無節操と学生たちの敗北のなかに身をおいている過程のなかで、安東は「根っからの政治嫌い」と言わざるをえなくなっていったのだけれど、それが連句の「連衆」に向かわせていく動機のすべてではないにしても、かなり大きな動機になっていると思うんです。

粟津　ぼくが安東次男と親しくつきあうようになったのは、中村の場合より少しあと、昭和三十一、二年、『死者の書』（一九五五年）という詩集が出て間もない頃からです。だから、政治とじかにかかわっていた頃の安東は知らないし、きみがあげた『六月のみどりの夜わ』という詩集も、昭和二十八年に出た『抵抗詩論』（一九五三年）といった評論も知らなかった。もちろん、あとで読んだけどね。だから、安東次男にとっての政治性の捉え方に関しては、きみとは微妙なズレがあると思うけれども、外語大の問題に関するきみの意見には同感だな。じつにひどく傷ついたんだろうと思う。だけど、そういう傷、そういう挫折感があったとしても、だからと言ってただちに連句の評釈や歌仙を巻くといった方向に向かうとはかぎらない。そういう傷や挫折感そのものを批評の対象にすることもできるだろうし、詩をそういった方向へ展開することだってできるでしょう。安東にも、もちろんそういうことがなかったわけじゃないけれども、外語大の問題から一挙に連句評釈や歌仙の世界にのめりこんだわけで、これは安東次男に独特のことだと思う。だけどこれは、政治的なものに絶望して、非政治的なものに閉じこもろうとしたということでもないんだね。

「組織嫌い」と連句

中村　連句評釈については粟津に教えてもらいたいのですが、政治とのからみをまず取り上げて考えてみますと、安東と政治の問題というのはむずかしい問題で、五〇年代のはじめに出版した『六月のみどりの夜わ』という詩集はずいぶん政治的な詩集だけれど、それでもその詩集のあとがきには「政治的風景から離反するのではなしに、政治的風景を押しつつんで進めてゆくような歌」を歌いたい、と言っているんです。このあとがきにもすでに、安東と政治のデリケートな関係が表われている。安東にはこの時点以前に共産党に属していた時期があったはずで、にもかかわらず共産党という組織に対する違和感があり、なおかつ社会主義というものに対する強烈な関心があって、そういう思想的相剋のなかからこの詩集は歌われたんだと思うんです。だから、「根っからの政治嫌い」というのは嘘だけれども、「根っからの組織嫌い」というのはその通りで、安東にはどうしようもなく組織になじめないところがありますよね。そういう若い時期の体験のあと、今度は外語大の問題がおこって、もう現実的な社会には背を向けるよりしょうがない――そういうところから安東の連句評釈が始まっているように思うんです。

栗津　そうだね。ただ「根っからの政治嫌い」ということばにも、嘘だとも言い切れないようなところがあると思う。たしかに彼は、一時期、政治的なものに深く関わっていたようで、とても「政治嫌い」とは言えないと思うけれども、その関わり方には楽天的なところはまったくないからね。そこには、海軍将校としての戦争体験が強く働いていたんじゃないかという気がする。それが彼を政治的なものへ押しやると同時に、「根っからの組織嫌い」を刻みつけたと思うのですよ。このふたつの要素は、最初のうちは鋭い矛盾を孕みながらもなんとか共存していた。だけど政治的なものに深入りするにつれて、その矛盾があらわになる。きみが言うように、大きな組織に幻滅するというようなことが起こってくるわけです。外語大の事件は、そのことにつらいかたちで追い打ちをかけたんでしょうね。大学も、ひとつの組織体にはちがいないけれども、政治組織とは違って、人間と人間との結びつきがまだ生きているという考えが彼には残っていたのかもしれないね。政治的組織に幻滅したあとだけに、そういう思い入れは彼なりにいっそう強かったという気もする。そういうときに身近な人間に追いつめられると、もう自分の手で、生きた人間関係を作るしかないということになるんだね、安東は。彼には、捨てることに関する潔さと、生きた人間関係に対する執着とが共存しているでしょう。その点、連句はそういった人間関係を濃密なかたちで具現したものだし、歌仙を巻くことは、そうした人間関係の具体的な体験だからね。

中村　大岡、丸谷、石川淳さんらに声をかけて、連句を巻くんだけれど、ところが安東は蕪村ほど偉くないから、天明の蕉風を蕪村は開いたけれども、安東による昭和の蕉風は開けなかったんだね（笑）。つまり、連衆に誘われた人びとも安東にはついていけない、安東からすれば、見放したというのだろうけれど、いずれにしても、安東にはけっきょく連衆もいないから、ひたすら『芭蕉七部集評釈』に打ち込んでいく。

安東次男の詩業

中村　ただ粟津のように、安東の芭蕉評釈に私はくわしくないので、私としてははじめて気づいたことなのだけれど、元の『芭蕉七部集評釈』と、改訂された『風狂始末』を読み比べると、顕著に違うのは、連衆というものの人間の在り方、扱い方がずいぶんと大きなものになってきている点じゃないですか。三井の手代であるとか、名古屋のどういう商人だったかといった連衆の生き方を、『風狂始末』のほうがはるかにくわしく見ているんですね。そうやって連衆の生活をふまえながら連句を読み直していく。そこがいちばんの大きな違いなのではないかしら。そうやって連衆に入り込んでいって、連衆の場としての連句を深く見ていくにしたがって、安東には連衆の場がない――これは組織嫌い、組織となじめない安東の気質の問題もあるのだけれど――ことから、次第に安東の孤立感が強くなっていく。それで今度は俳句を書き出していく。そういう筋道があったのかな、と考えているのです。

栗津　同感だな。ただ彼は、『六月のみどりの夜わ』から一挙に連句評釈にとび移ったわけじゃなくて、そのあいだに『蘭』や『死者の書』や『CALENDRIER』（一九六〇年）といった詩集を次々と出しているわけでしょう。これらについてはどう思うの？

中村　ことに『蘭』という詩集は優れていますね。『六月のみどりの夜わ』よりもはるかに成熟している。一方で、その時期、一九五〇年代から六〇年代はじめにかけては、『現代詩のイメージ』や『幻視者の文学』といった現代詩の評論集も出しているし、他方でアラゴンやエリュアールの翻訳なども手がけて、フランス文学に対する関心も高かったわけですね。そういった関心の広がり方というのは、『澱河歌の周辺』（一九六二年）くらいまでは続いていたんです。「澱河歌」でも、フランス文学の造詣の一端が出ているんじゃないですか。

『CALENDRIER』の「碑銘」という詩は、「建てられたこんな塔ほど／死者たちは偉大ではない／ぼくは死にたくなんぞないから／ぼくにはそれがわかる」という一節で始まるのですが、これは安東から直接聞いた話だけれども、樺美智子が死んだときに書いた詩なんです。つまり、こういうことを書いていた安東が六〇年安保の時期くらいまではいたわけですね。そして一九六六年に詩集『人それを呼んで反歌という』を出すのですが、こちらのほうが詩としては『CALENDRIER』よりもいいものでしょう。というのも、イメージがもっと充実しているし、樺美智子について「碑銘」という詩を書くよりは、もう少し政治や現実からの距離がとれていて、なおかつ現実を見る眼が深化していると思うんです。ただ、これは駒井哲郎との共同製作だし、駒井は政治的、社会的関心のまったくない、純粋な芸術家気質の画家だったから、これが駒井との組み合わせではなくて、違った画家との組み合わせだともう少し違った詩を書いていたかもしれないな、という気はするんですね。そして翌々年には外語大問題が起こってくるわけです。

粟津　彼の詩集を次々と見てゆくと、自分の詩の形に関する見定めがじつに厳しいという印象を受けますね。もちろん、その見定め方があいまいな詩人などは論外だけれども、安東の場合は、その厳しさにある危うさを感じるところさえある。詩人は、自分のなかで限定するものと生かすものとに関する見極めがはっきりしていないと、詩が書けないものでしょう。少なくともすぐれた詩人はそうだ。ただ、安東の場合、『六月のみどりの夜わ』を別にすれば、こんなことまで見極めてしまえば、詩が書けなくなるという気がするほどでね。彼には、ことばをその自発的な動きに委ねることに対する一種の警戒心があるんですよ。しかも、これはたんに資質や詩法の上だけのことじゃないという気もするんです。彼がこういう方向へ性急な感じがするほど自分の詩を追いつめることと、政治組織や大学に幻滅することとのあいだには、ある対応があることは間違いないですね。政治組織や大学に対するあの苦い幻滅がなければ、『六月のみどりの夜わ』の詩境は、もっとのびやかに次の段階へ展開成熟していったんじゃないか。その歩みの方向は変わらないにしてもね。安東は、政治ないしは政治的なものに対して中途半端になれなかったように、詩に対しても、いい意味でも悪い意味でも中途半端になれなかった。そんなふうに思うんですよ。

その、『蘭』以後の詩集で、「季節」が次第に前面に出てきて、中心的な主題になるのはおもしろいですね。『六月のみどりの夜わ』でもすでに、「六月」という季節が示されていたわけだけれども、以後の詩では「季節」の質が変わっていく。安東は「季節」から政治的要素を消し去ろうとするんです。そのことで、季節そのものをまさしく人間そのもののように、表現しようとするんですね。

詩作から評釈へ

中村　安東はもともと俳句をやっていたでしょう。やはり俳句では摑みきれない社会的現実というものが『六月のみどりの夜わ』から『蘭』の時代の詩にはあって、それが安東をして詩に向かわしめた大きな要因になっていると思うんです。

俳句というのは、イメージの付け合いというか、モンタージュが基本のような気がするのだけれども、安東の場合は、それに加えてヨーロッパの、手法的にはシュルレアリスム以降の詩の流れが融合したかたちで登場したという感じがするわけです。吉岡実も俳句をやっていた詩人ですよね。戦後の詩人のなかで「俳句」が果たした役割というのはけっこう大きいんじゃないかな。つまり戦前の昭和の抒情詩は、朔太郎にしても光太郎にしても、あるいは立原にしても中也にしても賢治にしても、みんな短歌から入った詩人ですね。戦後になると、大岡信をのぞけば、短歌から入ってそれから詩を書くようになった詩人はほとんどいないでしょう。いきなり詩を書くか、あるいは俳句から詩に移るか——そういう詩人がかなり多い。戦後の詩は歌わなくなった。「荒地」の詩人たちにしても短歌とはおよそ縁遠いでしょう。「列島」の詩人にしても、長谷川龍生や木島始が短歌をやっていたとはとうてい思えないですよね。

だから安東の詩の場合、フランス詩に対する造詣と、若いころに非常に熱心に俳句を作ったことから学んだその技法によって、戦後のある前衛的な詩の頂点に立ったんだろうと思います。

粟津　彼はきわめて視覚性の強い人でしょう。しかもその視覚は、おとなしく彼のなかに収まりつけないのですよ。ひとつ間違えば彼自身を斬ることになりかねない両刃の剣で、だからこそ、それは、彼の資質の基盤でありながら、戦争や政治や外語大での事件などに接すると、それらと絡み合い、激しく揺れ動くんですね。また、いまきみがあげたフランスの近代詩や現代詩に接した場合もそうで、彼はそのなかに危ういほどのめり込む。だけど同時に、安東には、それらの動きのいっさいを、いまいちど形へ収斂しようとする執拗な意志が働いているように感じられるんですよ。こういうことが彼の詩作品や批評作品を生み出しているんだけれども、これまでわれわれが話してきたようなことがあって、彼は、それだけでは、彼が直面している問題をすべて包み込むには足りぬと、おそろしく性急に思い定めてしまったんじゃないのかね。そうなると、連句評釈といった仕事がきわめて重要な意味をもってくるわけです。もちろん、七部集評釈という仕事は古来数多く試みられてきたけれども、安東の場合は、それが彼の存在の全体とかかわるという点で、それらとはその趣きを異にしています。そればかりじゃなくて彼自身のなかでも、この仕事が彼に対してもつ本質的意味あいが、時とともにいっそうあらわになってくるんだね。さっき中村は、最初の評釈である『芭蕉七部集評釈』（一九七三年）から『風狂始末』や『続風狂始末』へと進むにつれて、連衆に対する関心がとても強くなっていると指摘していたけれども、このことは安東にとって深い意味があるんだと思います。たんに事実調べが綿密で、徹底的なものになったというだけのことじゃないんだね。連衆ひとりひとりの生まれ、生い立ち、性格、職業などといったものが事細かに洗い出されているけれども、それだけじゃない。江戸や、尾張や、近江や、京都や大阪などでの蕉門における、なんとも生臭い人間関係を、それらに対する芭蕉のさまざまな反応とともに生き生きと描き出しているんです。これはじつにおもしろいけれども、安東次男のなによりの手柄は、そういうことと、連句の運びとのあいだに、じつに精妙な生き生きとした照応関係を打ち立てているということです。このことで、彼の評釈は通常の評釈の、のっぺりとした平板な論とはまったく異なったものとなる。

そこから浮かび上がってくる芭蕉と連衆たちのかかわり、時として政治的な感じさえする彼の行動に関する舌なめずりせんばかりの見定めがあってね、こういうことをする安東は、とても政治嫌いどころの話じゃない。もちろんこれは、人間関係のなかでの政治性ということだけれども。というわけだから、ここで安東は、政治性をも含めた濃密な人間関係を作り上げようとしたんじゃないのかな。これは、彼が最初試みていた発句的な俳句ではできないことだ。それで彼は詩に赴いたわけだけれども、詩にそういう人間関係を持ち込もうとしても、これは不可能とは言わないまでも、きわめて厄介な問題です。持ち込んだと思っていても、結局のところ、きわめて主観的な情景や抒情に終わるということになりかねないんですよ。そこには明確な他者が存在しないからね。その点、芭蕉の連句を評釈するという仕事は、彼にとっては、人間関係の奥深い襞にまで分け入りながら、他者とのかかわりのなかで千変万化する詩的表現の姿を見定めるということだったんじゃないかな。

中村　なるほど、そういうことでしょうね。安東は芭蕉評釈以前、百人一首や定家や蕪村もやっていたでしょう。そういう古典に対する関心のなかで、やはり自分が打ち込める場所として連衆の場の創作としての七部集に向かっていったということでもあろうと思うのです。ただ、芭蕉の政治性、芭蕉の人間関係における政治性というものは、当初の『芭蕉七部集評釈』の時点では、そんなに見えていなかったのではないですか。改訂した『風狂始末』ではじめてよく見えてきた、同時に自分には連衆の場がないということの自覚も強くなってきたと見たらどうかしら。

定型と人間関係の場

中村　それから『風狂始末』になると、連衆とその連衆をあやつる芭蕉の生き方という見方が加わっているんです。そしてもうひとつは、連句の約束事をふまえた見方というのもずいぶんと深くなっているという感じがありますね。出典の詮索を、また非常に深くやっているでしょう。それはたとえば「狂句こがらしの巻」の発句、「狂句こがらしの身は竹斎《ちくさい》に似たる哉」（芭蕉）の出典をめぐる評釈などはじつに見事なもので、たいへん感心しました。でもある種のものは、これほんとかな、と思うものも、二、三、あるけれど（笑）。

粟津　たとえば？

中村　「狂句こがらしの巻」の第四句の「かしらの露をふるふあかむま」（重五）について、これは馬も甘露、つまり新酒の香に酔っているのだ、という解釈があるでしょう。まあ、こちらには反論するだけの学問も素養もないから、安東の間違いだと言いきれないのだけれど、ほんとうかな、という疑問は感じる。だからそのへんは、もう安東の詩だと思って私は読むようにしているのです。

粟津　『風狂始末』になって、連句の約束事に対する感覚が深くて精密なものになったと中村は言うけれども、このことは、たんに連句評釈の質というだけのことじゃなくて、たとえば現代の詩とのかかわりのなかでさまざまな問題を孕んでいると思うのですよ。たとえば、あなたはソネットを書くでしょう。飯島耕一も定型という問題を提出している。それらに共通するのは、ある危機感を孕んだ「形」に対する意識だと思うけれども、ここには厄介な問題がある。つまり、生活のなかでの「形」という問題ですね。連句の約束事もそのひとつのあらわれであるような、そういう「形」がかつては生き生きとした姿で存在していたわけでしょう。ところが現在では、そういう形も約束事ももうバラバラなんだな。詩の世界でも、形が崩れ去って、飯島が「おじや」と評したような現象が多く見られるようになっている。彼が「定型」という問題を提出したのもそのためだろうけれども、生活のなかでの形がこんなに無残に崩れ去っているときに、一方的に定型をもちだしてみても、その実効は容易に期待できないでしょう。押しつけるやいなや剝がれ落ちるということになりかねない。その点、芭蕉がやった連句はいい鑑になるんですね。そこでは、連衆の人間関係と、連句のさまざまな約束事とが絡み合って、そういう人間関係や約束事そのものも二重三重に錯綜した、複雑な表情を生み出している。それは、生活の「形」と詩の「形」との、じつに生き生きとした結びつきでね、それを安東は、評釈というかたちで鮮やかに照らし出したわけでしょう。彼の評釈を読んでいると、現代において「定型」を求めるには、あらゆる「形」が無残に崩れ去った現代の生活そのもののなかに新しい「形」を探る意識をもつ必要があると思うんです。その点、中村はどうなんだろうね。

中村　自分のことを言うのはむずかしいけれども、ソネットについて言えば、ソネットを書いていると、このへんで完結させていいという感じになっちゃうんだね。そういう誘惑によく駆られてしまうんですよ。にもかかわらず、まだ言い足りない、もっと言うべきだという思いがつねに残る。それは粟津のことばを借りれば、私は自分の生活の「形」を大事にして、バラバラに崩壊していかないように心がけてきたことと関係があるのかもしれません。ただ、一方でソネットの形で詩を書くということは、そういった生をきっちりとした「形」に収めておきたいという誘惑につねに駆られながら、これではいけないのではないか、とも感じ、正直な話、自分でも困ったものだと思っているわけですよ（笑）。だから一九九一年に出した『浮泛漂蕩』で、比較的自由に自分の思いを詩に書いてみたのですが、これは私にとって一種の冒険だったのです。だから、あれを書くことによって自分の世界が広がったと思うと同時に、どうも蕪雑だなあという感じもあるのです。

粟津　そういうことはわかるな。安東も、彼なりに、そういった問題に立ち向かったと思うんです。政治的なものからも社会的なものからも断ち切られた、おそろしく孤独な、孤立無援の状態のなかでね。それは彼にとって、一から始めるとも言うべき力技だったような気がするな。そのために彼が連句と結びついたのは、彼にとってはのっぴきならない選択だったように思う。だから彼に、彼が『風狂始末』その他の連句評釈の仕事で成就したものを、安東の「詩」という形でやってみてほしいというのは——それは大いに期待したいけれども——やはり酷じゃないかという気がしますね。

それに彼の評釈は、そんなことを言いたくなるほどおもしろいからね。さっき中村は、「狂句こがらしの巻」のなかの「狂句こがらしの身は竹斎に似たる哉」という芭蕉の立句の評釈を褒めていたけれども、荷兮《かけい》の第三の句「有明の主水《もんど》に酒屋つくらせて」の評釈も見事なものだね。「鳶の羽の巻」のなかの芭蕉の「吸物《すひもの》は先出来《まずでか》されしすいぜんじ」という句の評釈も、博捜と連想が互いに絡み合いながら、分析を次から次へと推し進めていて、じつにおもしろい。もうひとつ、「梅が香の巻」の名残の折の裏入、「どの家も東の方《かた》に窓をあけ」という野坡の句の評釈もおもしろいね。安東はこの「東の方」は江戸をさすと言い、ここには『炭俵』の主撰者となった野坡の喜びが感じられると言っている。そして一方では、これが、名残の折立て、「東風〻《こちかぜ》に糞《こへ》のいきれを吹《ふき》まはし」という芭蕉の句との絶妙な軽口の応酬になっていると言っていて、最初に読んだときは、ほとんどあっけにとられたな。こういう分析の切れ味に接すると、これは連句連釈ではじめて可能かなという気がしてくるんですよ。

勝負としての評釈

中村　現実的な問題としては、安東は長いあいだ、株が好きだったでしょう。それが最近あまり聞かなくなった。それから骨董の話もあまりしなくなったでしょう。もっぱら七部集なんだね。どんどん切り捨てていったような感じがありますね。

粟津　それは褒めことばで、まあ痛い目にあったということだ（笑）。

中村　でも、骨董なんかは値段じゃないからね。掘り出し物を見つけるのが非常に好きだったわけでしょう。もちろん肉体的な条件もあるだろうけれど、七部集以外はどんどん自分から追い出していったような感じはあるね。

栗津　だから安東の場合、株や骨董の値段といった生臭いものを、すべて七部集評釈のほうへと投げ込んでいるわけでしょう。連衆の人間関係のほうがもっとずっと生臭かったということだね。彼は生臭い人間関係のもつさまざまなズレや重なり合い、あるいは退け合いといったことばの動きを、七部集のなかにみんな読み込もうとしているわけですね。

中村　個人的な思い出を申し上げれば、私も若いころはよく安東たちと麻雀をやったもので、安東家が麻雀荘みたいになったことも、ずいぶん長いことあったしね。

栗津　株もそうだけれど、勝負事が好きなんだね。

中村　下手だったけどね(笑)、安東の麻雀は。

栗津　みんなそう言うけどね。でもわかりませんよ、そう言っているヤツがしばしばいちばん下手なんだから(笑)。

中村　安東から音楽の話というのは聞かないね。

栗津　安東は音痴だね。むかし、風呂のなかで彼が歌った歌のテープなるものを聞かされてね。ぼくがあまりにおかしそうな顔をするものだから、さすがに困って途中でとめちゃったよ。もっとも、実際に音響を聞き分ける耳と、ことばのなかの音楽効果に関する耳というのはちょっと違うけれどね。

関係性のなかで連句を読み解く

粟津　今度の『連句の読み方』でも、古い評釈から、露伴や樋口功に至るまで、多くの評家の解釈を挙げてやっつけているけれど、こういうのはどう思いますか？　もちろん罵倒するためだけに挙げているのもあるけれども、毎回あれだけのものを挙げるというのは、ちょっと尋常じゃない。

中村　こういうのは、やっぱり安東のつつしみのないところだと思うんですよ。たとえば「わがいほは鷺にやどかすあたりにて」という野水の句に、芭蕉が「髪はやすまをしのぶ身のほど」と詠んだ付け合いに対して、露伴、樋口功、折口などの解釈を引用した挙句に、安東は「諸注、もとはと言えば、初折・裏入に当った野水の起情を見誤ったせいだが、尼鷺一つを見逃しただけでも解釈はここまで朦朧体になる。これでも学問かと云いたくなるほどひどい話で、気分で解釈はできぬものだ」と言うんですよ。ここまで言うのは先人に対して失礼だと思うんだけれど（笑）。

粟津　まあ、もっともなんだけれどね。けれど、本来の安東の資質から言えば、そうした批判は本全体のなかで一回か二回言えばすむようなことなんだ。でも、彼はほとんどの注釈のなかで、毎回そういう挑戦をするでしょう。それがぼくには不思議でね、だからそこに連衆との関係のほかに、七部集について論じてきた昔からの評家との関係を、彼なりにつくろうとしたんじゃないかという気さえしてくる。百年以上前からの多くの注釈を自分のなかに取り込むことで、新たな関係をそこで発見しようとしたんじゃないか。

中村　なるほど、そういう見方も成り立つのかもしれない。最初の『芭蕉七部集評釈』ではあまり評価していなかった句を、それ以降の仕事ではまったくかわって高く評価している句もけっこうあるんですよね。これはどういうことだろうと考えると、もちろん最初は見落としていたということがあるんだろうけれど、いちばん大きいのは、連衆の人間関係のなかである句を置いてみると、その句の魅力が見えてきたということではないですか。

それからもうひとつ気づいたのは、虚から虚、虚から実といった発想での句の解釈も最初は見られなかったけれど、『風狂始末』から出てきていると思うのですが、どうでしょうか。それから、連句というのは前の句に付けるだけではなくて、あとの句を誘い出すための道具だてだという見方も『風狂始末』ではじめて出てきた見方ですね。

粟津　連句の流れを支える句と句のつながりが、いっそう緻密に論じられてきている。

中村　だから粟津が言うように、そういう露伴から樋口功に至るまでのいろいろな人たちの人間関係のなかに、自分を置いていくということを考えると、それをもっと詩の形でやってもらいたい、安東の詩の形として書いてもらいたいという気がするんですね。安東は芭蕉評釈が自分の詩だと言うけれども、学問的な意味でも誰よりも正確な鑑賞だと安東は考えているわけでしょう。初期の『澱河歌の周辺』などは、たしかに詩に近いところもあるけれど、七部集評釈になるとちょっと違うからね。

ただ、この評釈のおもしろみというのは安東の想像力だと思いますね。それには安東の詩と通じるものがあって、七部集評釈における典拠の探究、連衆の場における運び、俳諧の約束のなかでも展開といったものの基礎にあるのは、安東の想像力のようにみえるのです。

栗津 「梅が香の巻」での芭蕉と野坡のやりとり「江戸の左右《さう》むかひの亭主登られて／こちにもいれどから臼をかす」の評釈はおもしろいね。ふつうの学者が読んだら、腰を抜かしかねないけれども、これは安東そのものだ(笑)。この評釈なども、やはり想像力だろうね。

「灰汁桶の巻」で、たとえば「ゆふめしにかますご喰へば風薫《かをる》／蛭の口処《くちと》をかきて気味よき／ものおもひけふは忘れて休む日に／迎せはしき殿よりのふみ」(凡兆、芭蕉、野水、去来)という運びについての評釈もおもしろい。安東自身、とてものっているのがわかるね。男が女に変わったり、女が男に変わったりするんです。

中村 「新畳敷《しんだたみしき》ならしたる月かげに／ならべて嬉し十《とを》のさかずき」(野水、去来)の評釈も、ここでは茶人としての野水を見定めたところから出てくるので、これなども最初は見落としていたところで、『風狂始末』で読みがぐっと深まっていった鑑賞ですね。

詩作と句作

粟津　中村に聞きたいのだけれど、われわれから見れば、彼が詩を書くのをやめてしまって七部集評釈へと向かっていくその筋道に、曖昧なところはなにもないわけだ。にもかかわらず、私のなかには安東がこれまで七部集評釈でやろうとしたことは、ほんとうに詩ではできなかったことなのか、という疑問がずっと残ったままなんです。安東にも、詩を書いてくれよといつも言ってきた。本人が七部集評釈こそ俺の詩だと言い張るのは、それはけっこうだけれども、そういうかたちで彼が摑み直した他人に関する感触や、他人が作り上げた分厚い世界の感触といったものの表現は、詩でも可能じゃないか、と思うこともあるんです。

中村　もちろん『風狂始末』『風狂余韻』はいい仕事だと思うけれども、最終的には安東でなければできない仕事だとは私は思わないのです。それはたとえば、万有引力の法則はニュートンが発見しなくてもだれかが発見したというのと同じ話であって、ましてや出典の詮索のようなものは、露伴から始まっていろんな人がやっていることであって、安東がやらなくたって、ほかの人がいずれやってできるじゃないかと考えているのです。でも、詩は安東でなきゃできない仕事があるわけですよ。だから、ぼくは安東に詩を書いてもらいたいという気持ちを終始もちつづけているし、そのことはしょっちゅう安東にも言っているけれども、なかなか書いてくれない。それはどういうことなのかなあ。安東は芭蕉をとおして人間関係における政治を深く考えているのだろうと思うけれども、いまの日本の社会的現実を詩に書くだけの気力と体力が、安東にはないのかもしれない。

安東が一九九六年に出した句集『流』では、いちばん最後の句に「この国を捨てばやとおもふ更衣」とあったり、あるいは「初夢を余生のごとく見てゐたり」「春寒や棄民にとほき夕ごころ」「乱世と濁世といづれ根深汁」といった句もあって、ぼくはずいぶんいい句だと思うんですよ。それにずいぶん政治的な主題の句でもある。しかし私がこれらの句を普通の俳人の句と違うと思うのは、たとえば森澄雄さんの句であれば、句自体で完結している世界でしょう。安東の句の場合だと、句の前にね、非常にたくさんの思い乱れた感慨があって、「棄民」であれば「棄民」の前にそのことばが出てくる感慨がはかりしれないほどあるにちがいないと思うんです。それはもしかしたら安東の句はアマチュアの句ということなのかもしれないけれども、それがかつての安東であれば、それこそが詩になったと思うのだね。それがどうも詩にならないで、俳句の形でしか書けなくなっているというところが、安東ほどの仕事をしてきた詩人としては、はなはださびしい。

粟津　そういう意味で言うなら、安東にとっていちばん問題になる俳人は、飯田蛇笏なんだな。蛇笏という人は、社会的なものをことさらに拒否することもなくて、物質感そのものに自分の感情を溶かした俳人でしょう。そういう意味でも、安東は蛇笏にたいへんな興味があるんだね。

中村　蛇笏には、たとえば「くろがねの秋の風鈴鳴りにけり」といった句がありますよね。ぼくはああいう句を見ると、その前にも後にもなんにもない、句として完成したひとつの世界であって、ものの存在感によって勝負している句だと思うんです。ところが安東の句というのは、どうもそうではない。安東には蛇笏のような句は書けないから、かえって蛇笏に惹かれるという面があるのではないでしょうか。俳句の場合、つまらない句は、どうも詩の最初の一行なんじゃないかという感じがするんですね。それこそ発句から出たといった経歴もあるのかもしれないけれど、まだこれから詩が発展しなければいけないのに、ここで終わっているような印象を受けるものも多いのね。

粟津　まあ普通の俳人には、もうちょっと句以前・句以後がセンチメンタルなかたちで残っているんだ。安東はそういう句以前や句以後に対する近親憎悪的なものをもっているからね、もので語らせる蛇笏の句にはとても惹かれるところがあるように思うんですよ。

中村　この安東の『流』には、さびしい句が多いですね。「晩節も守拙もなくて暮れかぬる」なんていう句、これには「当世改革事情」という副題が付いているんです。ここには世の中に対する憤りがあるわけです。それがこういった「つぶやき」で終わっている。楸邨が死んだときの悼句も、とてもいいものですね。「乾坤のたねを蔵してあばれ梅雨」。安東の句はだいたいにおいて、眼高手低なんだと思っていたけれども、そうではない、さすがにいいものだなあ、と今回読み直してみて思いました。いいものだなと思うと同時に、普通の俳人の俳句とは違うところがある。句以前の世界の広がりがあり、その世界が十七文字に凝縮されている、その凝縮が見事だと思いますね。

粟津　たしかに普通の俳人とは違うんだけれど、かと言って詩人めいた俳人も嫌いなんだ、安東は。中村も言ったけれど、蛇笏には句以前も句以後もなくて、瞬間しか作らなかった俳人ですね。ところが安東の場合、詩でも俳句でもいろいろな思いが強くあるわけです。もう、これは非常に強烈にある。そういう場合、普通の俳人は中途半端にあちこちに情念をまだ残した句を作っているわけで、安東はそれが嫌いなんだな。だから安東が蛇笏に強く惹かれるというのもわかる気がするんです。蛇笏との対吟というのは、ちょっとおもしろそうだね。

中村　楸邨の場合だと、安東にとってはほんとうにいい相手として存在していたわけですよね。楸邨みたいな人と連句を巻ければほんとうによかったんだろうと思います。そう考えると楸邨の句というのは安東の句に似ていて、やはり万感の思いが句以前にあって、それが句に凝縮していくところがあるんじゃないかと思っています。

詩のはじまる場所を探して

中村　俳人に叱られるかもしれないけれど、「遠山に日の当りたる枯野かな」なんていう虚子の句は、たしかに完成しているひとつの世界ではあって、俳句というものはそういうものだと言われればそれまでだけれども、そこからぼくたちの考える詩は始まるんじゃないかとぼくは考えるのですね。

粟津　蛇笏には、そこから詩が始まる契機というのはないからね。でもそれは安東も同じで、安東のいい句というのは、むしろその前に詩がある。

中村　その万感の思いが十七文字に凝縮していくんだ。

粟津　それをひとつひとつ拾い上げて、詩のことばにするというのを彼は断念したんだね、どこかで。

中村　それをやっぱりやってもらいたいよね、われわれとしては。

粟津　安東にとっては、そういった万感の思いにことばを与えることは、女々しいことなんですよ、きっと。それはもう、俺の内部だけでけっこうだ、と。どうしてそう早く決め込むのかなあと思うんだけど（笑）。

中村　でもそれは、われわれから安東に対する注文として、言うべきことなんじゃないのかな。万感の思いが凝縮された最後の十七文字はあるけれど、その前がもっと大事なんじゃないか、と。大事なところは十七文字にしないで、詩で書いてもらいたい。それは安東の力量をもってすれば、まだ書けるはずで、ぜひそれを心がけてもらいたいと思っているんです。

感性の源流に遡って

栗津則雄
清水　徹

ベートーヴェンの圧倒的な力

清水　粟津さんは単なる文芸評論家というだけではなく、絵についても、音楽についてもたくさんいろんなことを書いていらっしゃいます。そんな粟津さんの本を読んで、ぼくがびっくりしたことのひとつは、小学一年のときに、ベートーヴェンの「月光ソナタ」のレコードを買ったってことです。なんて早熟なんだろうと感心しました。まずその「月光ソナタ」を買うきっかけからお聞きしたいんですが。

粟津　家庭環境もあっただろうね、父親も母親も音楽好きだったから、家にはいろんなレコードがあったわけです。だから、とくに教養として音楽を聞くっていうんじゃなくて、気がついたら周りで鳴っていたんだね。そのうちにオヤジのレコードだけでは満足できなくなってね。何かでベートーヴェンを聞いて、あれって思って、小遣いはたいて買ったわけですよ。それが、ケンプの「月光」。自分で買うと、ひとから借りたりするよりも、自分が音楽と重なるだろう。ぼくと音楽との最初の関わりは、教養として聞くというよりは、もっと日常的な生理的な関わりだった。わが国の一般の音楽好きだとさ、周りに自然に音楽が鳴っているんじゃないだろう。たいてい教養として聞くわけだ。しかも聞いているのは生の演奏じゃなくて、昔のＳＰレコードでさ、あれを聞いて、そこからいろんなものを聞き取ろうと刻苦していたわけだよ。そのため音楽との結びつきかたが、ひじょうに窮屈で狭くなっているね。

その点、ぼくは自分にそういう環境があったから、それは必ずしもいい結果だけを生んだとは限らないけど、ちょっとほかとは違うね。自然な、背伸びもしなければ、妙にかっこうもつけないような関わりをしてたような気がします。たとえばシャルクの振った「運命」だとか、クーセヴィツキーの振った「田園」だとか、そういう愛聴のレコードをいろいろと抱えていましたね。

清水　例としてふたつ、ベートーヴェンの交響曲が出てきたけれども、栗津さんはベートーヴェンが好きですね。

栗津　あなたの場合はどうか知らないけど、ぼくの少年の頃は、音楽というと何よりもまずベートーヴェンなんだよ。もちろん、ブラームス好きもシューベルト好きもいたけれどもベートーヴェンが決定的でした。それにぼくには、気質的にベートーヴェンと深く通じているところがあるようです。ぼくには、倫理性と官能性とが激しくからみ合っているようなところがあるんだけれども、これはベートーヴェン的なんだな。だけど、近頃は、ぼくの少年の頃とはずいぶん様子がちがっていて、あるときレコード屋へ行ったら小学生がマーラーがなんとかかんとかと言っている。マーラーはすごくいいとか言っている（笑）。あの腐る寸前と言いたいほど爛熟した精妙な音楽と小学生の感性とがどんなふうに結びついているのかよくわからないね。

清水　はじめはベートーヴェンだったというのはぼくも同じです。ぼくがレコードを聞き出したのは小学一年よりももうちょっとあとだな。家に粟津さんのところにもあったかな、ちょうどアルバムになった「家庭音楽名盤集」と称する大ベストセラーがあってね。

粟津　ぼくも買ってもらったよ。

清水　それを聞くのがそもそものはじまりだった。ですからベートーヴェンからシューベルトというふうに当然なっていくわけ。だけど小林秀雄の『モオツァルト』がぼくにひじょうに奇妙な影響を及ぼしてね、ベートーヴェンからぼくを離したんです。それがなぜなのか、自分で考えてみてもよくわからないんだけど、ひとつにはなんといってもあの圧倒的な音があるでしょう。つまり、ほとんど高圧的とも言えるものがある。そういう高圧的な音楽と向き合う倫理的な姿勢はもちろん少年のときにはちゃんとわかっていたつもりだけど、小林の『モオツァルト』が、どういうわけだかそこからぼくを引き摺りだしたんだな。それでパッタリとベートーヴェンは聞かなくなってね、しばらくたってから、また機会があって聞いたときに、なにを考えたかっていうと、ベートーヴェンの作曲家としてのうまさみたいなもの。たとえば、ピッチカートの使いかたひとつとっても、じつにつぼにはまったうまい使いかたをしているのね。ですからベートーヴェンは、思想的な音楽家というよりもむしろ、うまい音楽家だというふうに最近は考えています。

粟津　うまいと言えばほんとにうまいね。あなたの言う高圧的な曲の代表は「運命」だろうけど、あの曲だって、音楽的な無駄がひとつもない。あの有名な主題の展開と変容で曲全体が完璧に作りあげられている。あいまいな遊びはないし、だからと言って窮屈さもない。そのうまさは、後期のピアノ・ソナタやカルテットになるとさらに複雑になっているでしょう。ただぼくにとって重要なのは、彼の音楽のそのような動きが、絶えず自分自身を超えてゆく運動につらぬかれている点です。それで思い出すんだけど、旧制高校の頃の友達にマーラーの「大地の歌」をもってるやつがいてね。むりやり聴かされた。水の底から色さまざまな魚が次々と浮かびあがってくるようなあの出だしのところ、実にみずみずしくてびっくりしたな。だけど、しばらく聴いていると、なんてこれは人の弱点ばかり刺激する音楽だろうという気がしてきてね。これにはまるとおれは駄目になると思っちまった。

清水　ぼくはあまり賛成できないんだなあ。マーラーはとても好きでね、聞き出したのはずいぶんあとになってから——つまりベートーヴェンを偉大だと思って聞いていた頃、あるいはシューベルトを美しいと思って聞いていた頃ではないから——こっちがものごころついてからマーラーを聞き出したわけだね。そうすると、なんだろう……そこには近代があるって感じがしたんですよ。一方に、ひとの弱味につけこむと言ってもいいかもしれないかなり精妙なデカダンスがあって、もう一方には、なんて言うのかな、ひどくトリッキーなところ、たとえば、シンフォニーの一番の有名な第三楽章——野放図というのか、厳粛さと滑稽さが裏表になって、ほとんどトリッキーにあるものをひっくり返して皮肉なものにしていくという冷めた目みたいなもの、それがあるんだよね。それがまさに近代じゃないかって。

粟津　ぼくはあなたのマーラー評に、反対じゃないんだよ。その通りだと思う。さっき言ったのは、十八歳の少年のきわめて独断的な反応だよ。ひとつには、ぼくはあの頃、自分のなかのロマン主義が嫌いだった。それでなんとかそれを抑えつけようと思っていた。そういうぼくはマーラーは許せないって思ったわけだ。

清水　ベートーヴェンだって、ロマン主義の権化じゃないですか。

粟津　だけどベートーヴェンは前へ進むんだよ。マーラーとかブラームスはそうじゃない。少なくともベートーヴェンほどじゃない。ブラームスも主題がすごくきれいだろう。あるときぼくは「あれは不能の老人が美女を目の前において鑑賞しているようなもんだ」と、ブラームス好きに放言したらそいつは怒り狂いやがってさ（笑）。ブラームスの音楽って前に進まないんだよ。音楽的にはもちろん進むよ、進むけどさ、ベートーヴェンが自分を超えていこうとするのに対して、いつまでも立ち止まって撫でさすっているわけだ。マーラーにはあなたが言うように巧妙きわまる手法があるね。たしかにそれは一種の近代だよ。ぼくはその近代が嫌いだったんだよ、きっと。

ランボーとの出会い

清水　ランボーのことを言えば、近代が嫌いだとは絶対に言えないんじゃないかと思いますけどね。つまり、「絶対的に近代的でなければならない」――あるいは「絶対的に現代的」って訳したほうがいいのかな――そういう台詞がランボーにはあるから。そこで話を近代とランボーに移すと、ランボーはそもそもいつからはじまったんですか。

粟津　中学の三年か四年の頃に、小林秀雄訳の『地獄の季節』に出会ったのが最初だね。ランボーなんてそれまで知らなかったのに、読むにしたがって、自分がことばのひとつひとつをどんどん吸収していくような快感があったね。とにかくびっくりした。いくつかの詩やことばはすぐに諳んじたね、それが戦争末期の妙な気配のなかで自分を守る一種の武器になったんだよ。だからランボーの場合も、教養というよりも、生理的な、本能的な、ある種の感触のように反応したところがありますね。

清水　ランボーはまさに生理的に入ってくるところがあるんだけれども、ぼくの知ってるかぎり小林秀雄訳の初版の『地獄の季節』からランボーに入ったひとは意外に少ない。だいたいあの初版本はたしかかなり贅沢な単行本で、ぼくが知ったときはすでに希覯本だった。たいていのひとは、昭和二十三年に創元社から出た『ランボオ詩集』ですね。有名な序文がくっついたやつ。それで出会ったっていうのがほとんどだと思う。

栗津 幸いにして大蔵書家の画家が隣にいてね。彼がぼくに書斎を開放してくれた。例の小林秀雄の三冊本の文芸評論も彼に借りて読んだんだよ。

清水 栗津さんの自筆年譜を見ると、三高は乙類（第一外国語がドイツ語）なんですね。これはどうしてですか。

栗津 ニーチェに夢中だったからね。

清水 そうか、そこは一高に入るまえのぼくと同じだな。

栗津 登張竹風訳の『如是説法ツァラトゥストラー』というのが出てね、あれは中学の二年か三年かな。触ると手が茶色くなるような表紙でさ。それから始まってニーチェに読みふけっていたからね。そのニーチェを原文で読みたい、それが理由です。

清水 三高に入ったのは何年でしたっけ。

栗津 昭和二十年。

清水 二十年四月に文科に入ったっていうのはそうとう元気がいい（笑）。

栗津 前年までの文科の定員が二百五十人。それが二十年に突如として全体で三十人になった。おまけに徴兵猶予がなくなった。周りにはいろいろと言われましたけど、幸い母親がなんにも言わなかった。

清水 その頃、戦争はもう長くないだろうとは思っていましたか。あるいはそれより前に徴兵されると……。

栗津　両方ともありました。ただごく間近に死の気配は感じたね。考えると吐き気がするほどだった。

清水　つまり、そのときにランボーを読んでたわけでしょう。中学の周りの雰囲気としてはいかがでしたか。文学ならばフランスって雰囲気はなかった?

栗津　まったくなかったね。

清水　いや、そのあたりはぼくも同じでね、ぼくも中学のときに、ニーチェに凝ってたんですよ。まわりにも、どういうわけかフランス好きはいなくて、ゲーテ好きの友人がいた。それでニーチェを読もうと思って文乙を受けたわけ。ところが、栗津さんよりあとの昭和二十三年に一高に入ったとたん、しまったと思った。つまりそのときにたまたまヴァレリーを読んだんですよ。旧制高校って寮に入るとどこの部屋でも勝手に行くじゃない。そうすると、そこに転がっている本をなんとなく見るでしょう。場合によっては勝手に借りてきちゃうわけ。それでヴァレリーの『ヴァリエテ』とヴァレリー全集の端本を見つけてね、自分の求めていたのはむしろこっちなんじゃないかと。でもしょうがないから一年間ドイツ語を勉強しました。同時にフランス語も独学で始めて、ぼくは栗津さんと違って、旧制高校は一年しかやらないで、すぐに新制の大学に移るって世代だから、新制の東大のほうはフランス語に入ったわけです。

野蛮に学ぶ

栗津　文乙でぼくはニーチェのクレナー版の小型の全集をしょっちゅう読んでました。一方でやはりランボーが浮き上がってくるわけだ。これはやっぱりフランス語をやろうと思ってね、ぼくも同じように独学ではじめたわけだ。

清水　ぼくは『フランス語四週間』という本を買ってきてね。それを一週間で丸暗記した。四週間を一週間でやって、そのあと渋谷の古本屋でチェーホフの仏訳を発見したんです。それを文庫版の神西清訳と対照しながら読むというのをまずやったわけ。それからあとはいろいろと野蛮な読み方をしましたね。

栗津　語学は野蛮じゃないとだめですよ（笑）。でもまあフランス語の本はよく読んだよ。二、三日おきに研究室に行ってさ、バルザックかなんかを持ち出してきて、大いそぎで読んでさ。知らん顔して返してましたよ。

清水　あのときの本郷は本をじつに自由に借りられたからね。いまはあんなじゃないでしょう。あれだと本がなくなるから。助手かなんかにちょっととって言って……。フランス語に関しては、ぼくはふたつの方法を考えましてね。ひとつはとにかく一日に一頁でもいいから精密に読むこと。字引きを引いて、文法書を見て。それからもうひとつは、アンドレ・ジッドの原著と翻訳を並べて、辞書を引かずに原文を読んで翻訳を読む、原文読んで翻訳を読むというのを繰り返したんです。そのうちに、翻訳を読まなくていい部分というのが出てくるわけ。それで、ジッドの小説はほとんど全部読んじゃったかな。

粟津　だいぶあとだけどね、小林秀雄に会ったときに彼が教えてくれた語学のうまくなる方法がある。出来るだけ分厚い本を選んでまず翻訳を読め、と言うんだな。その次は、いっさい字引きを引かずにテクストを読め、と。そうするとだいぶ見当はつくわけだ。それからまた翻訳を読む。それを三回繰り返す。そうしたら、もうどんな分厚い本でも驚かないって（笑）。

清水　それはちょっと眉唾なんだなあ（笑）。少し誇張したんじゃないかな。卒論はなんですか。

粟津　「ボードレールの近代性」。最初はランボーを書こうと思っていろいろ考えたんだよ。ところがちょうど卒業論文を書く時期になって友達が結核療養所から脱走して来やがって、泊めろと言う。それで泊めてやったんだよ。で、論文を書くよりはいまはそいつと付き合うほうが大事だろうと思って、毎日いっしょに酒飲んでた。提出期限がきても何も書いていなかった。前日になって実は明日締め切りだからちょっと失敬するぜって言ったら、そいつの方が蒼くなっちゃった。それで一晩かかって三十枚ほど書いて翌日持って行きましたよ。「ボードレールの近代性」などという主題を選んだのは窮余の一策だよ。それで翌日、事務の窓口へ持って行ったらフランス語でレジュメを書けと言う。仕方がないから、メトロという地下の喫茶店へ行って、何を書いたか思い出しながら書きました。字引きもないから知ってる単語だけ使ってね。やっと書きあげて持って行ったら今度は綴じろと言うんだ。そんなこと知らなかったと言ってもそういうきまりだと言ってきかない。押し問答しているうちに事務のおじさんが、突然「君のお父さんは、中央大学で保険学を教えていらっしゃる粟津教授じゃないか」と言い出した。違うって言うんだけど、彼はどうも中央大学の出身らしくて、頭のなかは粟津教授でいっぱいなのよ（笑）。どこかから綴じるための紐を探してきてくれました。そういうわけでとにかく出すことは出したけど、文字通り一夜漬けのやっつけ仕事ですよ。卒業論文の口述試験で鈴木信太郎先生に、「君の論文はねえ、これは評論としてはおもしろいよ。だけど、論文じゃないよ。それにレジュメのリテラチュールの綴りが違ってるよ」って言われて小さくなっちゃった。以後、ぼくは、本郷では、本郷番外地の住民さ（笑）。だいぶあとになって二年教えたけどね。

清水　ランボー、書けたら書こうって気はあったわけでしょ。

粟津　それはありましたよ。でもボードレールの近代性という主題なら考えてることを書けば、考証なしに書けるってことがあった。ランボーをやろうと思うと、そういうわけにいかない。細かなこともきちっと押さえて書きたかったわけだ。とにかく翌日までに書かなきゃってことがあったからね。

清水　それをいまやっているわけですね。『少年ランボオ』（一九七七年）『ランボオの生成』（一九七九年）そしていまは、「見者ランボー」。それにランボーの全訳っていうのをやっているわけだから、結局、全生涯ほとんどランボーをやっていたようなもんですね。

粟津　二十歳にもならぬ小僧のために、なんでおれの一生を使うのかと思うけどね（笑）。三冊書いたのにまだランボーはパリに行ってないいんだよ。今度の締め切りで、本当は「酔いどれ船」で締めようと思ってたんだ。これからパリに行くってところでね。ところが、どうもそこまでは行かないんだよね。だから「酔いどれ船」は次の本の冒頭に入れることにして、今回は「花について詩人に語られたこと」を取り上げて終わろうと思っている。やがて、パリへ行く、というところでね。この進み具合、アンダンテどころじゃないよ(笑)、アダージョみたいなテンポだからね。入沢康夫が、「悠々たるもんですねえ、粟津さん」って言ってたけど。当人としてはとても悠々なんてものじゃねえんだよ。

清水　そうか「酔いどれ船」まで行かないのか。

粟津　あれやると、あれだけで三十枚くらいいくからさ。

清水　なるほどね。軽く書いて三十枚、うっかり書くと百枚ですからね。

エクスプリカシオン・ド・テクスト

清水　これは粟津さんの文学論をはじめ、絵画論、音楽論にも言えることなんだけど――粟津さん、怒るかもしれないけど――、粟津さんの批評の方法は、エクスプリカシオン・ド・テクスト(テクスト読解)ですね。つまり怒るかもしれないって言うのは、テクストが外側に客観的にあって、それを解釈すると取られると困るということで、なんだろうな、作品と出会って、そこにできあがった場のなかで、その作品から受け取ったもの、あるいは受け止めたものにかなり精密にこだわりながら解き明かしていく。その営みがいちばんはっきりしているのは『神曲』の読解ですよ。あれはまさにそういう方法でやっていると思う。それからほかの粟津さんの本を見直してみると、絵画論でも同じだな。たとえばグリューネヴァルトの例の「磔刑図」についても対象をまず精密に描写しながら、でも客観的な描写じゃなくって、思い入れのあるって言うと語弊があるけれども、自分が受け止めたかたちとして絵を描写していく。そこから批評が始まるという方法ですよね。それは『小林秀雄論』でもまったく同じだと思います。

粟津　小林秀雄に関しては、たとえば周辺の状況は江藤淳が詳しい伝記を書いているわけだしさ。中原中也との関係についても江藤や大岡昇平が書いているでしょう。ああいうことをもう一回、ぼくがやったってあまり意味がない。それよりまさしくエクスプリカシオン・ド・テクストをやったほうがそのテクストのなかにある小林が見えてくると思うんだ。だからテクストで作者を説明するとか、作者でテクストを説明するとかそういうんじゃなくて、テクストと作者の絡み合いの場としてのね……。

清水　テクストと作者、テクストと読者の絡み合いだよね。

粟津　そうそう、そういう場における小林秀雄を、とにかく押しだそうとしたんですよ。さすがに、後半になって力尽きましたがね。あれを戦後までやると大変なのよ。

清水　いまのぼくは戦後の小林秀雄のほうがおもしろいと思うけれども、ただ粟津さんの『小林秀雄論』は予想したほど小林に酔っていない。それは読んでいてびっくりした。

粟津　もっと酔っぱらってると予想してたの？

清水　つまり、小林秀雄の影響は栗津さんのなかには確実にあるわけよ。でもそのいちばんひどいかたちって世の中たくさんあるじゃない。小林秀雄に対する酔っぱらいかたってね。そことはすっぽり縁を切って小林と向き合っている。

栗津　それをやらないと一種の自己愛で終わっちゃうんだな。目を閉じちゃって。それはやっぱり突き放さないとね。突き放す場合もね、外側からの批評ではつまらない。突き放すことが、もっと深く近づく道でもあるような、そういう批評が書きたかったね。

清水　音楽の話に戻りますが、小林の『モオツァルト』をどう思いますか。

栗津　音楽を文章で論じうる可能性をぼくに教えてくれたことにひじょうに感謝しています。だけどね、あの文章ではモーツァルトの音楽がもっている、自在感とでもいうべきものが小林秀雄自身に引きつけられすぎてるという気がだんだんしてきたな。実に見事だけど、どこか窮屈なんですよ。

清水　ほんとに狭い「短調」のモーツァルトしか書いてないですからね。

栗津　そうだね。それから、たとえば小林さんはオペラを論じないんだよ。

清水　わたしは目をつぶって批評をするって自分で言っているわけだから。

栗津　それではひじょうに窮屈だね。ここには日本の批評の一種の不幸が凝縮したかたちで出ているような気もしますがね。音楽にかぎらないけど。

清水　余談的に書いていくっていう方法は、アンドレ・ジッドの批評だってそうなんですね。小林秀雄の世代が、ヴァレリーとジッドの評論を読んでそこから学び取ったもののひとつだとは言えるんです。その余談的なものから、本質的なものに入ろうとするとき、小林の『モオツアルト』はとたんに狭くなる。

栗津　音楽が自由に動き回ったりしないわけだよ。それはたとえば吉本隆明の西行論を読んでも感じることだな。大変鋭い分析をするんだけど、引用された歌が自然に浮かび上がってこないんだよ。彼が歌を支配しちゃうんだな。これが彼の批評に対する不満なんだけれども。そういうときに感じることが小林秀雄の音楽論のなかにもある。『ゴッホの手紙』なんかも結局そうだな。

清水　だから、あれは最後に手紙の引用だけで終わっている。

栗津　気がついちゃったわけだよ。何か書けば狭くなると。それより原文をして語らしめようと。窮余の一策じゃないの（笑）。あれはたしかに逃げてると思うよ。あれをやるなら別に原文で語らなくたっていいわけです。あそこで、批評をああいうふうに消しちゃうってことはぼくにはどうも合点がいかないね。

清水　そうですね。手紙を粗述したっていいわけですからね。

栗津　やっかいなところに入っていくと困るとかね……。小林秀雄はベルグソンでそれをやろうとしたんだよ。だけど失敗した。

オペラの楽しみ

清水　小林がつまりオペラをまったく無視するのと対照的に、河上徹太郎はむしろオペラを聴くとモーツァルトがいるって言うわけで、このふたりの批評家のかなり顕著な対立なんだけど、粟津さんはずいぶんオペラを観たようですね。

粟津　ぼくだって最初はオペラなんか観る機会はなかった。

清水　そもそも日本じゃ、藤原歌劇団というのがあったけど、あまりやらなかったからね。

粟津　だからたとえばワグナーでもさ、なんでマラルメやボードレールがワグナーごときにこんなに感嘆するんだと思ってたわけ。こちらが知っているのは序曲や前奏曲でなけりゃ「夕星の歌」とかそういう歌ばっかりだろう。舞台じゃないからね。はじめて観たのが、日生劇場のこけら落としでさ、ベルリン・オペラの来日公演があった。

清水　たしかベームが振ったんでしたね。

粟津　それで『トリスタンとイゾルデ』などをやったわけですよ。イゾルデ役は太ったおばさんでね。おやおやと思って聞いてた。ところが、聞いているうちにね、その太った女がイゾルデそのものになるんだよな、声だけで。それは見事なもんですよ。

清水　ぼくは、オペラがとても好きなんです。いまでも新国立劇場には年に四、五回は行っているかなあ。

栗津　たとえばさっき言ったことと繋がるんだけど、ウィーンかなんかでオペラに行くだろう。パリもそうだけど、八時ぐらいから始まるんだよ。それでどっかで飯を食ってから行くんだけど、その食堂でしゃべっている奴のおしゃべりがそのまま舞台で生きるようにできているわけだ。ところが日本でオペラに行くとさ、別世界に入っていくわけだよ。オペラを観るというのはまったくの異世界なんだよ。

清水　それはしょうがないですよ。まだ日が浅いんだから。ヨーロッパの場合、ちょっとした都市にはかならずオペラハウスがあって、そこで年中いくつかのものをレパートリーとして、繰り返してやっているからね。街の連中はそこに行って同じ演目を何度も聞いたりしているわけです。毎年、毎年、同じ『カルメン』を聞いているんだよね。

栗津　見巧者、聞き巧者がいてね、ウィーン国立歌劇場でモーツァルトを観てたらね、幕間に八百屋のおやじみたいなただの爺さんが「わたしはねえ、あそこのところはねえ、ベームで聞いたんだけど、今夜のほうがわたしはいいと思うがね」とか言ってる。別に音楽評論家じゃないんだよ。そのへんの聞き上手、見巧者のふつうのお客ですよ。それからたとえば舞台でだれかがちょっと現代風にオーバーな演技するわけ。そうするとサッと座が白けるんだ。それがすぐわかる。そうすると当然、役者がそこを訂正するわけだろう。そういうのは日本の劇場ではめったにお目にかかれないね。

清水　そこまではいかないですけど、いまは新国立劇場でも、半分以上は常連ですね。まあ逆に言うと定年退職者ばかりしかいないっていう奇妙な状況なんだけれども。ただだんだん変わってはくるだろうと思います。それともうひとつ、これは低次元のことなのかもしれないけれど、ちゃんと字幕を付けるようになったということが、七〇年代、八〇年代から始まったオペラの流行に、かなり大きな意義をもっているだろうと思います。オペラってほんとは意味はわかんなくたっていいとも言える。いつだったかな、七〇年代だったと思うんだけど、カラヤンの作ったリヒャルト・シュトラウスの『薔薇の騎士』の映画がありまして、それをヤマハホールで、連続的に二、三年上映していたことがあるんです。もちろん字幕なんてありませんでした。これはカラヤンが演出して、映画として作られたものだったと思います。主演はシュワルツコップで、もちろん素晴らしいわけですよ。言葉は全然わかんないけども、大変に感動してね。そのときおもしろかったのは、後ろのほうで、あれは音楽学校の生徒なんじゃないかと思うんだけれども、映画観ながら低い声でいっしょに歌ってるんだな。あれが日本にオペラが多少定着しはじめたいちばん最初だったんじゃないかな。日生劇場のこけら落としとか、ミラノスカラ座の引っ越し公演とか……。ミラノスカラ座っていつ頃だったっけ。ほぼ同じくらいだったかな。

粟津　イタリアのオペラのほうが先かな。あれはテレビで中継されたから両方とも見たけど。生の舞台を観たのは、やっぱり……。

清水　日生劇場ね。そのときは、もちろん字幕なんて付かないでしょう。つまり、ひじょうに常識的な話なんだけども、字幕が付くようになったことと、それからＬＰと称するものでオペラが入ってきたこと、これは大きなできごとだと思うんです。いまはＤＶＤで全部字幕入りですよね。外国のオペラハウスでもある時期から字幕を入れるようになったけど、そうするとオペラは総合芸術だから、ストーリーくらいはわかっているほうがいいし、いま何を歌っているのかもわかっているほうがいい。つまり音楽に支えられて、視覚的なもの、歌手の動きとか、そういったものがみんな溶け合ってくるものだと思うんです。外国のオペラハウスでもパリのバスチーユなんかには付いてますね。

粟津 ニューヨークのメトロポリタンは、すべての座席がそういうわけではないと思うんだけど、ぼくの観たところでは各座席に小さなテレビが付いていて、そこに字幕が出るわけだ。ところがやっぱり英語だろう。日本語みたいに瞬間的にわかんないから、あれにはちょっと困ったけどね。

清水 ただまあ、一説によるとオペラを母国語で聞いて、つまりイタリア人がイタリアのオペラを母国語で聞いて、何パーセントがわかるか調査したみたいなんだけど、約十五パーセントって話でした。ぼくはもうすこし多いんじゃないかと思いますが、それで本当はよかったわけですよ。前にも言ったように、地方に住んでいる人間が、その街のオペラハウスに行って、何度も何度もおなじものを聞いていれば、たとえ十五パーセントしかわからなくても、だんだんそれがふえてきて、おもしろさもましてくる。それはオペラのいちばん理想的な見かたかもしれないけれど、なかなか現実にはそうはいかないよね。そうなると、いまのように字幕が発達してきて、オペラというものを総合芸術として観ることができる。つまりたとえばベートーヴエンの後期のカルテットなんかに比べれば、オペラは所詮かなり大衆的なものです。だからそういう楽しみかたができるってことにはなるんだけど。

新演出のオペラ

清水　しかし、最近、ひじょうにおもしろい傾向が、これも八〇年代くらいからかな、演出の凝った、新演出オペラというのが出てきましたね。

栗津　ぼくも何か観たなあ。すべてがいいとも、すべてが悪いとも言わないけど。ああいうものが出てくるのは自然の成行きだろうね。現代のようにあらゆるものが激しく揺れ動く時代だと、当然演出も新しく摑み直す必要がある。演出こそ、そういう時代の姿に全体的に響き合うものだからね。ただぼくには、演出家のあのいばり具合がどうも気に食わないね。なんであんなにいばるんだい。

清水　ただときどきとてもおもしろいのがありますね。覚えているのをひとつ言えば、これはビデオで観たんだけれども、『タンホイザー』を戦後のベルリンの廃墟に置き換えてやったのがあってね。そうするとヴェーヌスベルクなんて奇妙なかたちになりましてね。戦後のベルリンの廃墟のなかで娼婦が、というふうにして最初のヴェーヌスが出てくるという演出だったわけですよ。なんていうのか奇妙なアクチュアリティが出てくるんだよね。最近は新国立劇場でやるのでさえ、ときにはかなり演出が変わっている。ヴァーグナーの『指環』の上演で「トーキョー・リング」というのがあったけど、あれはうまくいったのと、うまくいかなかったのと両方でね。うまくいったところはひじょうによかったんだけど、だめなところは白けてしまいました。

栗津 音楽じゃなくて、演出家の手つきばっかりが見えるときがあるわけだ。あれはつまんないね。解釈万能の時代風潮の現われかな。

清水 これはシェロー演出の『指環』からだと思うんだけど、昔みたいに歌手がデクノボーみたいに突っ立ってうたうというのはなくなりましたね。

栗津 シェローもそうだけど、その前のヴィーラント・ヴァーグナー演出の『指環』もそうじゃない。真っ暗にしちゃってさ、舞台が見えやしないんだよ。

清水 あれには参ったな。とにかく見えないんだから。ヴィーラントでも歌手はそんなに動きませんよ。ぼくもバイロイトに行ったけど、バイロイトではもちろん字幕もないし、舞台もほとんど見えないし、ただ延々と歌をうたっているだけでね(笑)。

栗津 ウィーンの国立歌劇場で『パルジファル』を見たら、あそこでは後ろでみんな立って観ているだろう。あの曲は幕間がないんだよ。幕間なしで延々と五、六時間もやってる。それで隅に立ってたドイツ人のお嬢さんがぶっ倒れちゃってね。あっちのひとは大袈裟だからバタッて倒れるんだよ。で、何の話だったっけ……(笑)。まあ新演出ってのも、やむをえない傾向だろうね。たとえばニューヨークのメトロポリタンなんかは新演出なんかないわけだよ。まともというか、古典的というか、古くさいというか……。金かけてすごい舞台装置を作ってさ。でもこれはこれで楽しいんだよ。歌舞伎みたいで。ニューヨークに行ったときに総支配人としゃべったんだけど、やっぱり『カルメン』とか『トスカ』は満員になるんだって。だけど『ヴォツェック』とかになると客が入らない。それでどうするかって聞いたんだよ。「栗津さん、慣れなんだよ、ずっとやっていたらみんな慣れてくるんだ。東京でもそうじゃないか」って。なかなかちゃんとしてると思ったんだけどね（笑）。新しいものは、そういった慣れが感性をだんだんと練り上げてくれればいいんですよ。

バルトーク以後の音楽

清水　いま『ヴォツェック』の話が出てきたけど、バルトーク以後の音楽というのをどう思いますか。つまり現代音楽としていっぺんにいまやっているものではなくて、やっぱりマーラーで切れて、バルトーク以後になるという感じがあるんですよ。

栗津　エッセイにも書いたけど、バルトークはとても好きでね。でもバルトーク以後ねえ、どうだろうなあ……。たとえばブーレーズなんてのは好きですけどね。あれはあなたの専門ですがね。

清水　バルトーク以後という言いかたはよくないかもしれないな、バルトークに代表させてしまったほうがいいかもしれない。「弦楽器と打楽器とチェレスタのための音楽」なんて、ほんとうに素敵ですからね。

栗津 あれはほんとにいいね。何度聞いても、打楽器が鳴るとびくっとするからね。あとは誰だろうな、ぼくはストラヴィンスキーがだめなんですよ。ぼくの外側で音が鳴っているようでね。バルトークにある、内的なものと外部の音がガチッと絡み合うようなそういう感じがない。扇情的なんですよ。もちろんストラヴィンスキーでも好きなのはあるよ。戦後すぐにレコードを手に入れて聞いていたの、二階の自分の部屋でね。とても奇妙な音楽で、無調ではないんだけど変な、不安なリズムがある。下でそれを聴いていた母親がぼくが自殺するんじゃないかって心配してね（笑）。そういう妙な魅力はありますが、ぼくの内部に食い入ってこない。現代音楽と言えば、いつかパリに行ったときに市立劇場でシュトックハウゼンの「ヒュムネン」というのを聴いていたら音楽評論家の船山隆くんと出会ったことがあってね、「栗津さん、ベートーヴェンみたいでしょう」ってね。たしかにそうなのよ。

清水 あれはシュトックハウゼンの傑作ですよ。

栗津 巧みな現代意匠をつけながらそのなかに昔から人びとの心の奥底でずっと鳴ってきた音が浮かび上がってくるような気配があって、これはいいと思ったな。わたしは方法意識ばかりが先走って音が聞こえてこない音楽は困るんだよ。

清水 「ヒュムネン」はおもしろかった。これは世界のいろいろな国の国歌を電子音楽化して混ぜあわせてしまうという曲ですね。ぼくはシャイヨー小劇場でやったのを聞いたんですよ。

そのときにはシュトックハウゼン本人がいてね、客が入ってくると、あそこは自由席だったのかな、もっとひとがいるんだから詰めろ詰めろってご当人がお客を次々と整理しているんだな(笑)。あれはおもしろかったなあ。突如として「君が代」が一節聞こえてきたり、「ラ・マルセイエーズ」が一節聞こえてきたりする。それが全部いっしょになってひとつの音楽になっている。シュトックハウゼンのなかでもあれはいいものなんじゃないかな。

栗津 たとえばルイジ・ノーノとか、それぞれ個性をもったおもしろいやつはいますよ。だけどバルトークみたいに、なんて言うかな、変な言いかただけど普遍性がないんだな。孤立してしまっているようなところがあるよね。

清水 みんなつらいところに追い込まれているという感じがしますね。

栗津 それは音楽に限らず絵でもそうだね。だいたいそういうことが現代絵画にも言える。

信仰心と絵画

清水 絵の話にいきましょう。どの時代の絵がいちばんお好きですか。

栗津 少年のころは後期印象派でした。ゴッホの「ひまわり」の大きな複製を部屋に貼ってた。それからセザンヌの「マンシーの橋」がとっても好きで、最初に小遣いで買ったのはセザンヌの画集です。あの絵だけがカラーで入っていた。当時は絵も白黒で印刷されていましたからね、びっくり仰天して震えるほど感動しました。それからだんだんと変わってきて、ジョットになったり、グリューネヴァルトになったり。最近は北方ルネサンス、とくにフランドル美術ですね。ファン・エイク、ファン・デル・ヴェイデン、ボッシュなど、このまえは長いブリューゲル論を書きました。それからオランダのフェルメールとか、そのあたりが目下の集中的な興味の対象です。今度の著作集の第七巻に入りますが、ブリューゲルは「美術の窓」に四十二回連載しましたからね。その途中にあちこちに行っていますけど、この齢になるとやっぱり出てくるものかね、最終的な好みというものが……。

清水　同じ北方ルネサンスにくくられているけれど、ボッシュ、ブリューゲルというよりはむしろデューラーとかホルバインのほうがいまのぼくは相性が合いますね。まず圧倒的な絵の具のマチエールのすごさ、それからリアリズムの極致のような見事なデッサン力というか構成力、そういったものがデューラーにもホルバインにもありますでしょう。ドレスデンに行ったとき、有名なティツィアーノのある美術館に、すごいホルバインの肖像画があった。そういうのをヨーロッパで見はじめたら——日本には来ないからね——なんだかそれまでの日本によく来ていた絵、いまでも嫌いじゃないですけど、印象派ばっかりが来ますよね、そういう絵の印象が薄められてしまって……。デューラー、ホルバインのすごさはこれだけのメチエとこれだけ圧倒的な、ある重量感……じゃなくて完成度と言うしかないのかな、それに打たれてしまって。

粟津　デューラーの「一五〇〇年の自画像」というのがあるだろう。少年のころに見たときにはキリストだと思っていたんだよ。あとで自画像と気がついて悔しかった（笑）。でもぼくも好きだけどね。ただ目下のところはいわゆるフランドル派なんだよ。あの絵の具の付きの堅固さ、色の純度、ヴィジョンの集中力、そういうものを見るとね、デューラーが大袈裟な気がしてくるんですよ。

清水 デューラーはドラマティックですからね。これはひとつ議論になるかもしれない質問をしますが、ホルバインの有名なドストエフスキーの『白痴』に出てくる「墓のなかのキリストの遺骸」、グリューネヴァルトの「キリスト磔刑図」、それからマンテーニャのキリストの死体を足から描いている「死せるキリスト」、最後にカラヴァッジョの「マリアの死」というまるで田舎のおばさんが死んでいるみたいに描いた絵、そういうふうに並べていくと、絵画と、あるいは画家と主題と聖性の関係が百年たらずかな——十六世紀はじめのグリューネヴァルトからバロックのカラヴァッジョまでですね——の差でそんなふうに変わってきています。それをどう思いますか。つまりいちばんはじめには信仰の対象として決して悲惨ではないキリストの描きかたというのが当然あったと思うんです。それがもっと極端に進むとスペインにおける美人画みたいなマリア像に行きつくと思います。このスペインのマリアは、マリアがもしも宗教の究極と考えれば、できるだけ美しくマリアを描くのは単なる比喩ではないんです。でもグリューネヴァルトからカラヴァッジョというのはそれとは違う。

粟津 あなたはスペインと言ったけどね、フランスの西南部のスペインとの国境に近いところにサン・マルタン・ド・フノヤールという小さな教会があるんですよ。ロマネスクの教会です。いまはフランス領ですが、むしろスペイン・ロマネスクの圏内にある。そこの壁画が、それは甘美、優美とはまったく別のマリア様なんだな。受胎告知とキリスト誕生と両方あるんだけど、これはロマネスクのフレスコ画の最高傑作だね。まんまるく見開いた大きな眼をして、日に晒され、汗と脂にまみれて働いてきた農村のばあさんですよ。だからあのへんの人びとにとっては優美な貴族のようなマリアなんて救いにならないんだよ。自分たちと同じようなそういうマリアだからこそ思いが託せる。それからボンの美術館に、トーマス・マンの『魔の山』に出てくる十四世紀の木彫りの「ピエタ」があるでしょう。これはくちゃくちゃな化石みたいなキリストなんだね。あなたが例にあげたグリューネヴァルトも、最初飾られていたイーゼンハイムという教会は、丹毒の特効薬をつくっていたんだね。だからヨーロッパじゅうから丹毒にかかった連中が集まってくる。その食堂にかかっていたんだ。はじめは霊性と溶けあっていた人間の肉体性というのかな、そういうものの比重がだんだんと膨れ上がって自己を主張しはじめたんだろうと思います。たとえばドストエフスキーの『カラマーゾフの兄弟』にゾシマ長老の死臭の話があるでしょう。長老の死後、死臭が出るか出ないかって人びとが言い争うという話。あの話は最初は滑稽な気がしたんだけど、そういうものが肉体性の象徴として人びとの意識のなかに浸透しはじめたような気がするんです。物質性と言うのか、人間そのもののもっている自然性と言うのか、そういうものがいろんなかたちで自己を主張しはじめたことの現われという気がするんだけど、どうだろうね。

清水　そこがいよいよわかりにくいところで、ぼくはトーマス・マンが取り上げている十四世紀の「ピエタ」やスペインのロマネスクにあるマリア像というのは技術的に稚拙というかプリミチフであることと、それを通してなお自らの信仰心を描き出そうとすること、そのふたつの現われだろうと思うんですよ。プリミチフなものが、リアリズムとは離れた聖性として現われてくる。ロマネスクの壁画なんてまさにそういうものだと思います。しかしグリューネヴァルトの時代から、技術的には完璧になる一方でいまおっしゃった人間の肉体の物質性みたいなものが出てくるわけで、それは別の面から言うとほとんど信仰の危機でもあるわけでしょう。ホルバインの「キリストの遺骸」も、ドストエフスキーが書いているように、見ている人間の信仰がおびやかされる。それがカラヴァッジョになるともっとはっきりしてくるんです。そうするとどうなんでしょうね、画家に聖なるものを描こうとする意識があったのかな。

栗津　ひとつにはいまあなたがホルバインの話をされましたが、ホルバインはマンテーニャと関係があるんですよ。ホルバインの親父が同じ結社だったとかそういうことがあって、実際にマンテーニャを見ているわけです。だからそういうことがあるだろうけど、マンテーニャの場合はいま言った、物質性、自然性と遠近法の極端な使用というのがくっついているだろう。それがおもしろいのね。遠近法は人間の視覚の極端な行使だよね、それと醜悪としか言えないようなキリストの遺骸の見定めかた、それがいっしょになっている。でもそれでは終わらないんだよね。グリューネヴァルトになると、血が垂れて、血が固まって、半分あけた口から血が出ているようなすさまじい絵だろう。あそこまで人間の自然性を推し進めるのかという気がしてくるね。

清水　しかし栗津さんも書いているけど、グリューネヴァルトの絵には否定しようもなく聖なるものがあるでしょう。でもカラヴァッジョの「マリアの死」には聖なるものはない……。
栗津　カラヴァッジョになるとね、人間の自然性を追いつめると自ずと聖なるものが現われるという確信がなくなっているね。単に醜悪になってしまった。
清水　醜悪というか、ほんとうにただ田舎のおばさんが死んでいるという絵になってしまう。カラヴァッジョは好きな画家だし、いいものはすごくいいんだけど、どうもあの田舎のおばさんの死だけはよくわからない。ミラノにある「果物籠」やダビデがゴリアテの首を持っている絵なんかは実にいい絵だと思うんですがね。

ブランショという批評家

清水　ぼくが栗津さんとはじめて知り合ったのはブランショの翻訳がきっかけだったんだけど、ブランショはどうやって発見しましたか。
栗津　「NRF」でたまたま読んだのが最初かな。こんな人がいるのかと思ってびっくりした。ぼくはハイデッガーに興味があったしマラルメやニーチェなどに親しんでいたからとっつきやすかったんだろうね。それで丁寧に読み始めました。あなたはどうなの。
清水　ぼくはまったく偶発的に出会いました。昭和二十四年か二十五年にはじめてフランスから本を輸入できるようになって、それでそのとき自分でヴァレリーの『ヴァリエテ』と『ユーパリノス』、それからカミュの『異邦人』の三冊を注文したわけ。ぼくは『異邦人』を翻訳以前に読んだといばっているんですけど（笑）。そのとき、紀伊國屋に行ったら『*La part du feu*（焔の文学）』があったわけです。もちろんぼくはモーリス・ブランショという名前は知らないわけですよ。でもぺらぺらと見ていたらヘルダーリンだとかニーチェだとかそんな名前がわあっと並んでいるわけじゃない。これはなんだかすごい本かもしれないぞと思って買ったんです。それで読んでみて、なんだかすごい批評家だなと思ってね。しばらくしたら「NRF」が出始めて、「NRF」の常連の執筆者となっていた。

粟津　ぼくはとてもあなたみたいに本を取り寄せて買えるような経済状態じゃなかったからね（笑）。

清水　ぼくも貧乏だったけどさ。ぼくにとってヴァレリーは神様だったから。とにかく買わなくちゃいけない、読まなくちゃいけないと思って……。第一回の輸入では当然と言えば当然だけど、バルザックとかそういうのが多くてヴァレリーはないんですよね。だけどどういうわけかブランショがあった。

粟津　出てまもなくでしょう。でもあなたといっしょにブランショによく付き合いました。

清水　ブランショという批評家は二十世紀後半では最大でしょうね。

粟津　全集が出ないとか……。

清水　もうすぐプレイヤードで出るといううわさがあります。死ぬ前にブランショのシンポジウムを企画していた人がいて、そしたらシンポジウムのときは死んじゃったんで、追悼シンポジウムみたいになってしまったんですが、そのときにすごく厚い講演記録《アクト》が出たんです。ちょうどぼくがよくものを頼むブランショを専攻する留学生がそのシンポジウムに出ていて、噂話としてプレイヤードで出ると聞いたみたいです。ブランショのすごさというのはどう言ったらいいでしょうか。

粟津　彼を翻訳しながらひじょうに奇妙な経験をしてね、翻訳しているんだけど、なにかブランショが口述しているのを写している感じがする瞬間があるんだよ。こういうことはどの批評家を翻訳していてもなかったな。サルトルにはないし、ブルトンなんか千二百枚訳したけどまったくないし、だからそういう一種の内的な響き合いを読むもののなかに喚起する何かがあるんだよな。

清水　それはハイデッガーを読みこんでいたからかな。

粟津　あの人の批評はほとんどが時評だろう。時評というかたちであれほど誠実に時代の流れにつきあいながら、それがことごとく彼の精神の本質的な問題になっている。それは見事なものだね。あんな人ほかにはほとんどいないんじゃないかな。タイプはちがうけれどアランもそうかな。でもアランはあんなに普遍化しないからね。ちょっと違うけどヴァレリーにも通じるところがあるね。

清水　ヴァレリーはそうですね。ヴァレリーは完全に注文に応じて書いているから。「何でも書きます」という姿勢を示して書いていた。でも必ず自分の問題にもってきちゃう。

粟津　若いときには僕も人並みにジッドなんかも読んだりしたけど、やっぱりヴァレリーとブランショだね。十九世紀末から二十世紀にかけてのぼくにとっての批評家は。
清水　二十世紀の前半はヴァレリー、後半はブランショ。これは動かないところでしょう。

翻訳の不思議

粟津　翻訳とはおかしなもので、サルトルという人は読んでいるとおもしろいんですよ。ところが訳そうと思うとリズムが合わなくて訳せないんだよ。無理に訳しているとだんだんぼくの文体までおかしくなる。それからたまたま、ジロドゥの中篇を訳すことになって――中公の世界文学全集に入っているやつだ――とくに関心がなかったんだけど、訳してみるとこれが合うんだよ。二十日間で快感を覚えながら訳したよ。
清水　まったく翻訳っていうのは不思議なものですね。ビュトールの『心変わり』を岩波文庫で出したら、こんどは河出が『時間割』を文庫で出そうと言い出してね。何十年も前の翻訳だから見直しているところです。でも自分でよくこんなものをやったと思いますね。面倒くさいもので……。
粟津　面倒くさいものは、みんな清水に押しつけたからね（笑）。
清水　見直してて思い出しましたよ。こんなに面倒なものをやりながら、途中で乗っている。だから乗ってる部分は直しようがないんですよ。ところどころ漢字遣いを直すとか、どうしようもない誤訳の場合はまるごと訳し直しますが。『心変わり』のときにも経験しましたが『心変わり』はぼくが最初に翻訳した小説で、まあ二十六、七歳でこんなものをやったら惨澹たる結果にしかならないと思って、岩波が文庫に入れたいというものだから全面的に改訳したいと言って見直したんですけど、やはりどうにも直らないのは、いちばん最初の勢いですね。これは直らないなあ。直す必要も多分ないんでしょう。そういうふうに読んだんだという現われですからね。

大きな波

粟津　ぼくは高校のころに小説を書いたことがあるんですよ。だけど、誰かが来たとか、誰かがこう言ったとか、そういうことを書くことにだんだんと飽きてきた。評判はよかったんですよ。でもぼくにとっては批評的散文という形式がいちばん身に合った形式になったんですよ。そっちのほうが小説的散文よりはるかに自由なんだ。ところがそれを続けていると何かを拾い残すんですよ。もっとどろどろとした混沌としたものをね。

それがあるものだから、だいぶあとになって「すばる」の編集者のそそのかしに乗って書いたんです。それをやると残していたものが拾えるわけ。それはぼくにとっては小説の再発見になったわけです。分析や描写を越えた、動いている人間の生とか世界の動きにじかに言葉で触れていく快感が小説にはあるんですね。書く者としても読む者としても。それをどういう具合に生かすかということに現代作家の方法的工夫があるんだろうけど、その小説の言わば原始的な本能は生きているんじゃないかな。ただビュトールなんかは別だろうけど、だんだん小説は痩せてきたね。いま出てきたような新しい作家でこれといった人はいますか。

清水　もうだいぶ前になるけどクンデラはたいへんにおもしろいですね。クンデラが中央ヨーロッパこそ小説がいちばん立派なんだといばっているという奇妙な話があるんだけど、クンデラのたとえば『存在の耐えられない軽さ』なんかは、小説でしか表わせないような、端的に言えば精神と肉体の分裂みたいなもの、意識と感覚の分裂みたいなものをみごとに描いているという気がしますね。あれだけの作家はちょっとフランスでは出てないでしょう。

粟津　最近は消えてしまったけど、一時期南米文学がずいぶん流行ったときがあって、あれも同じところがあるな。ぶどう酒も最近南米のチリのワインとか評判がいいだろう。フランスは土地が痩せちゃった。だからフランスでいいワインを作ろうと思ったら、いろんな種を混ぜ合わせる。それで味を作っているんだよ。でも南米は土地が肥えているもんだから、当たるとてもいいものができる。当たらないと単純な味になっちゃうけどね。それと同じことがあって、南米文学も方法的にはヌーヴォーロマンの亜流だろう。ところが基本にたいへんな欲情があるんだよ。肥えた土地みたいな欲情がね。だからあなたみたいにヌーヴォーロマンに精通しているような人から見ればすぐに手つきが見えるんだろうけど、にもかかわらず不思議な魅力があったな。

清水　ラテンアメリカの文学というのはすごいものがありましたね。ヌーヴォーロマンの亜流というよりは、なんだろう、伝統がないための自由な冒険みたいなものをやったんだろうと思うんですよ。

栗津　さっきのぶどう酒の話じゃないけど、フランスから種を買ってきて植えたんでしょう。ヌーヴォーロマンという種を買ってきて、その土地にほうり込んだらやたらと生えてきたというところだね。でもこのところどうも息が切れてきたね。

清水　もうラテンアメリカ文学は終わりましたね。そういう大きな波みたいなものがあるんじゃないかな。ずいぶん前に、死んだスーザン・ソンタグが日本に来たときに呼ばれて行って、おしゃべりをしたんですけど、そのときに現代フランスは小説としてあまりおもしろくはないけれど、どう思うかと言ったら、ソンタグは「大きな波があるんです。いまのフランスは批評という大きな波があって、まさにそれに当たっている。だから批評家にはいいのがたくさん出ている」と。ラテンアメリカ文学の場合もそういう波があったんじゃないかな。

栗津　少し前の話になるけど、アメリカでヘミングウェイとかフォークナーとか出てきたでしょう。あれもそういう波なのかもしれないね。あのあとはまったく出ないでしょう。

清水　ソンタグの言った「大きな波」というのをすこし意味を変えて使えば、こんどの栗津さんの『著作集』全七巻には、栗津則雄という批評家の「大きな波」が収められている。最終巻には書き下ろしで「西行」が入るとか、期待してます。

［解説］「あれはおめえ、無知蒙昧なんだよ」と小林は言った

三浦雅士

栗津則雄のこの対談集には七人の対談者との八本の対談が収録されているが、何よりもまず強く感じられるのは歳月の重みとでも言うべきものである。多くは雑誌掲載時そのほかで読んだことのあるものだが、なかには半世紀近く昔のものもあって、さすがに懐かしい。とはいえ、歳月の重みというのは、必ずしもそういう懐かしさのことを言うのではない。何と言うか、全篇に旧制高校の雰囲気とでも言うべきものが漂っていて、それがこの対談集を歴史的な文献にしている、そういったことである。

試みに、栗津則雄自身を含めて、八人の対談者を生年順に並べてみる。

吉本隆明　一九二四年十一月二十五日
中村　稔　一九二七年一月十七日
栗津則雄　一九二七年八月十五日
秋山　駿　一九三〇年四月二十三日

高橋英夫　一九三〇年四月三十日
渋沢孝輔　一九三〇年十月二十二日
大岡　信　一九三一年二月十六日
清水　徹　一九三一年三月三十一日

なかでやや詳しく論じられている人名についても同じく生年順に並べておく。

吉岡　実　一九一九年四月十五日
安東次男　一九一九年七月七日
那珂太郎　一九二二年一月二十三日
入沢康夫　一九三一年十一月三日
谷川俊太郎　一九三一年十二月十五日

このうち、二〇一三年六月現在、吉本隆明、渋沢孝輔、吉岡実、安東次男がすでに他界している。いちばん若い谷川俊太郎も傘寿を越える。みな、高齢である。

大岡信までが旧制高校の体験者。同じ早生まれの清水徹が旧制高校の二年目に新制大学への切り替えがあって入学し直しているのに大岡がそうではないのは、大岡が四修で、すなわち中学四年終了で第一高等学校に入学しているからである。つまり二九年生まれに等しい。以上のことから、対談者も、また話題になっている詩人たちも、だいたいは旧制高校の体験者、あるいはそうでなくとも世代的にそれが理解できる年齢層に属していることがわかる。

この事実が強く感じられるのは、口調、とりわけ粟津則雄の口調に、旧制高校特有の、ときには乱暴にさえ感じられる、ある種の率直さが認められるからである。粟津則雄が率直な気質の持ち主であることは対談の中身からも簡単に想像できるが、事態の本質に単刀直入に切り込むその流儀はたんに気質によるだけではない。粟津は秋山駿に、小林秀雄との交遊を語って、最後にその強力な影響下から抜け出すために小林の自宅を訪ねるほかなかった経緯を、やや詳しく述べている。

「あるとき、意を決して鎌倉へ行ったわけです。『なんだ?』というから、『今日は小林さんを批評しに来た』と言うと、ニヤッと笑ってね。配給の煙草をテーブルにドサッと置いて、『言ってみな』と言うから、僕は罵倒し始めた。あの人は煙草の先っぽのほうしか吸わないから、灰皿にみるみる吸い殻が溜まっていくんだ。僕はそれを横目でチラチラ見ながらね、ヴァレリーに比べていかに小林さんが中途半端であるか、ドストエフスキーの複雑さに比べていかに小林さんは単純であるか、などとやりました。／しかし、一時間半も悪口を言い続けると、タネが尽きるんです。言葉がなくなって黙ったら、『それだけかい?』と言うから、『はい』と言ったら、『おめえの言うとおりだよ』と言うんだ。／あの人は聞き流しているんじゃないんだ。考えに考え、自分を分析し尽くしたところを、僕がなぞったということなんだろうけど、そう言われて僕は逆に参った。『馬鹿野郎、おめえなんか二度と来るな』と怒鳴られたほうが、よほどすっきりしたんじゃないかと思うよ。」

同じ事件は高橋英夫との対談でも手短かに語られている。体験としてきわめて重要だったのである。

批評家を自宅に訪ねて批判するというこの流儀は、少なくとも私には、粟津の個性に由来する以上に、往年の旧制高校生がもっていたある種の伝統に由来するように思われる。小林のなかにもそれを許容する流儀が残っていたのである。というより、小林はその流儀を自身の思想すなわち文体を形成するにあたって大いに役立てたのであり、粟津をはじめとする後輩たちは、それを丸ごと継承しようとしていたのだ。小林と粟津の交遊のなかに、何か、昔の剣客の手合せのような雰囲気が感じられるのはそのせいである。

あるいは、思い切って言ってしまえば、ある種の伝統と述べたこの流儀そのものが、小林とその仲間たちによって始められたのではないか。

小林が粟津たちの世代を少しも侮っていないことは、粟津の小林との出会いの状況からも推し量ることができる。そのことは、第三高等学校の——つまり現在の京都大学の——有志が組織した講演会に現われた小林が、講演後の座談で学生たちに「おめえたちは今度の戦争でたいへん複雑になったんだよ。この複雑さを大事にしろ」と言ったというエピソードからも、また、戦後の志賀直哉について尋ねられて、「志賀さんかい？　あれはおめえ、無知蒙昧なんだよ」と答えたというエピソードからも、窺うことができる。話している相手が若いからといって少しも見くびっていない。率直に本質を語っている。とりわけ志賀直哉についてはさすがだと思わせられる。小林の志賀直哉論を理解するにも欠かせないエピソードであると言っていい。

大岡昇平は、小林に初めて出会ったとき白樺派の雰囲気を感じたと言っているが、これもまた旧制高校のある種の雰囲気、すなわち自己内面の思想を率直に語るという伝統が小林たちの世代から始められたという推測を裏づける。小林たちの世代以前は、それは白樺派の若者たち、すなわち志賀直哉、武者小路実篤たちによって担われていたのであり、この白樺派の流儀が、漱石の一連の小説に遡ることは指摘するまでもない。芥川龍之介や和辻哲郎たちにしても漱石の懐から生まれたようなものだが、彼らには、小林やその周辺が感じさせるいわゆる旧制高校の雰囲気はない。芥川にしても和辻にしても都会的にすぎる、というか江戸東京を感じさせすぎる。志賀、武者小路にいたってはじめて内面を率直に語るある種の流儀が定着するが、いまだ未熟で幼いと感じさせる。大岡昇平が小林に白樺派を感じたというのは、まだ小林の世代の流儀がそれとして確立されていなかったということである。つまり、小林以前は物を考える——とりわけ若者が物を考える——流儀が、未熟で幼かろうがなお白樺派に依拠していたということである。

迂遠なことを述べているようだが、そうではない。自己内面の思想を語るにはそれなりの流儀を必要とする。たとえば露伴は、馬琴の『南総里見八犬伝』を評して、当時の——ということはつまり文化文政から天保にかけての——人情世相を的確に映すことにおいて、春水の『春色梅児誉美』などの及ぶところではないと書いている。春水は時代の理想——ありえないこと——を描いているにすぎないが、馬琴は時代の現実——あったこと——を描いているというのである。露伴の指摘にまったく違和感を覚えなかったのみならず、その通りだと思わせられたのは、こちらにも、『八犬伝』に描かれた場末の酒場の雰囲気が一九六〇年代、七〇年代の、たとえば新宿ゴールデン街を彷彿させることに心底、驚いた経験があったからである。『八犬伝』が浮き彫りにした若者たちのこのような情景が、たとえば頼山陽の『日本外史』の読まれた背景としてあったのだと思えばいっそう興味が深い。『八犬伝』はじつは革命運動のロマンを描いているのだ。『八犬伝』と『日本外史』は、その出現そのものにおいて、時代の雰囲気を両面から映し出しているのである。

思想は、神仏であれ、革命であれ、芸術であれ、三角関係であれ、要するに何ごとにおいても、深めることができる。ただ、語るため、実践するための流儀を必要とするのである。馬琴や山陽から白樺派を通って小林たち旧制高校生の流儀にいたるまで、その流儀はさまざまに変転してきたわけだが、人間が物を考え、物を書く動物である以上、これは必然である。

とはいえ、小林の確立した流儀は、これはまた格別のものがあったと言うべきだろう。小林の評論「様々なる意匠」が「改造」に掲載されたのは一九二九年、それから八十年余を経過している。いまでは小林の読者は往年ほど多くはないかもしれないが、それにしても、小林、中原らの青春の劇を含め、さらにその影響下にあった思索者たちの劇——吉本、粟津、秋山、高橋らの劇——を含めて考えるならば、その影響は優に一世紀を越えると言って過言ではないだろう。

小林の影響たるや恐るべきものがあったのである。それは思いがけないところにまで及んでいる。先に挙げたリストにしたがえば、安東次男、那珂太郎、吉本隆明、粟津則雄、秋山駿、高橋英夫といった人々は、小林の影響が自身の内面深くまで及んでいることを率直に語っているが、たとえば、そういったことを露骨には語っていない大岡信にしても、その最初期の評論、たとえば『現代詩試論』などを読めば、文体および発想に小林の影響は歴然としている。リストに挙げなかった人のなかで意外な顔ぶれを挙げれば、たとえば澁澤龍彦がそうだ。サド研究で名を馳せ、またたくまに独自の文体を作り上げて多くの読者を獲得した澁澤龍彦もまた、その初期には小林の影響をもろに受けているのである。初期評論を読み返してその事実に気づいたときの驚きを、私はいまも忘れない。そもそもランボーに代えてサドを取り上げ、それを論じることによって自身を語るという流儀そのものが小林にのっとっていたと言っていい。初期の文体が小林を彷彿とさせることは大岡とまったく同じなのだ。ちなみに澁澤は東大仏文で粟津の一年後輩である。

中村稔が小林の影響をあまり受けなかったのはむしろ異例と言っていい。旧制高校の雰囲気をよく伝えるに中村の『私の昭和史』以上のものはあまり例を見ないが、中村の関心は当時からすでに詩に集中していたという印象を受ける。宮沢賢治、中原中也、立原道造といった詩人たちへの関心である。中村は意外なことに歌舞伎や義太夫にも熱中していて、この事実は彼の後年の詩を考えるうえでも重要だろうが、いずれにせよ、にもかかわらず中村の友人たちの多くが小林の影響下にあったことは疑いを入れないのである。反発も含めて影響下にあった。そういう意味では、中村真一郎、福永武彦、加藤周一といったマチネ・ポエティクの面々でさえも例外ではない。賢治も中也も道造も、あえて言えば小林の文脈で理解されていたようにさえ私には思われる。中村の詩人体験のなかに西脇順三郎が必ずしも大きな位置を占めないのは、むろん気質のせいもあるかもしれないが、むしろこのような文脈のほうが大きかったのではないか。

思いがけないということでは、たとえば田村隆一がそうだ。大岡信は対談のなかで、戦前戦中の若者たちのなかでも、英文学専攻の連中のほうが仏文学専攻の連中より大人っぽかったと語っている。英文学は西脇を震源とするモダニズム、仏文学は小林を震源とするサンボリスムで、要するに青春の客気はサンボリスムのほうに強かったということだろう。青春の客気というのはもちろん小林の流儀の別名のようなものだ。鮎川信夫や田村隆一の『荒地』が、戦後詩の一時期を画したことは喋々するまでもない。『荒地』は、エリオットを思わせずにおかない表題からしてそうだが、おおむね仏文学ではなく英文学の影響下にあったために、小林との関係が云々されることきわめて少ない。だが、私の考えでは、田村は小林の影響をもろに受けているのである。というより、小林の批評を詩というかたちで表現すれば田村のようになると、おそらく田村自身が考えていた。つまり、田村は「詩人としての小林秀雄」を実践していたのである。

田村が明治大学に進んだのも、小林が教授として在籍していたからだと私は思っている。田村はそこで、人生の流儀、思考の流儀において、小林の圧倒的な影響を受けた。論証するには多少の時間を要するだろうが、これはじかに接したものの実感である。大岡が粟津に、田村が自宅に押しかけてきて「モダニズムは〈目〉だ」と叫んだという興味深いエピソードを披露しているが、私にはこれは、田村の流儀である以上に小林の流儀であるように見える。田村の発言をさらにいっそう小林ふうに変えれば、「茂吉かい？　あれはおめえ、〈舌〉なんだよ」ということになる。

私にも同じような体験がある。新宿で飲んで梯子したとき、店を出た田村がやおら手拭いを肩にかけ、その肩越しに、後ろに登っていた月を振り返るように眺めて、「三浦！　お、月か、と、こうやって月を眺めるのが、職人の流儀ってえものだ」と、べらんめえ口調で叫んだ。いまもその台詞回しが忘れられない。田村はおそらく自分を言葉の職人であると思っていたのである。それが小林の流儀であると考えていた。詩においても人生においても、田村は、物の本質を摑もうとするその気迫で際立っていたが、それは小林の徹底的な影響だったと私は思っている。

小林の語り口、田村の語り口を引いたのには理由がある。小林の影響をもっとも直接的に受けたのが粟津であることは言うまでもないが、そしてそれはかつて粟津則雄著作集の解説に拙いながらも書いたことなのだが、ここでは、その影響が粟津の談話に、とりわけ粟津の語り口にもっとも端的に顕われていることを新たに指摘しておきたかったのである。小林の語り口はその文体を決定し思想を決定した、と私は思う。同じことは粟津にも言えるわけだが、そのためには語り口の裾野とでも言うべきものを見渡しておく必要があった。

このようなことを書いていいかどうか迷わないでもないが、しかし以上の文脈から言えばや

は り文化史的にも興味深い事実と思えるので、以下に書く。

　粟津のほぼ同年に川村二郎がいる。粟津は仏文、川村は独文。川村は一九二八年の生まれだが、早生まれなので学年は粟津と同じである。私は一九六九年から詩誌「ユリイカ」の編集に携わったが、一九七二年の六月号でパウル・クレーの特集をし、そこで、川村二郎、高階秀爾、飯田善国、東野芳明、そして粟津則雄という顔ぶれで座談会を行なった。座談会が終わった直後、どのような経緯であったか、私は川村二郎と二人だけで話す機会があった。そのとき川村が、座談会での粟津の態度を批判して「人を呼び捨てにしやがって」と吐き捨てるように言ったのである。二人は初対面だったのだ。

　いまも鮮明に記憶しているのは、川村二郎のこの発言が、私には、なかば理解でき、なかば理解できなかったからである。ここに収録された対談を読めば歴然としているが、粟津は親しいと思った相手はみな呼び捨てにしている。中村稔は粟津の一歳年上であるにもかかわらず、粟津に呼び捨てにされている。ただしこの流儀は中村も同じで、粟津はむろんのこと、八歳年上の安東次男を呼び捨てにしている。対面している場合でもそれは同じだったのではないかと私は思う。

　粟津は四歳年下の大岡信を呼び捨てにしているが、驚くべきことに大岡も粟津を呼び捨てにしている。あるいは呼び捨て同然にしている。「きさま」と「おれ」、「きみ」と「ぼく」、「あなた」と「わたし」など、会話の人称は親密の度合に応じて階層をなすが、大岡は粟津を頻繁に「きみ」と呼んでいるのである。「きみ」に対応するのは呼び捨てか、「くん」付けである。

この事実は、少なくとも中村、粟津、大岡たちのあいだには互いに呼び捨てにしていいという黙契のようなものがあったことを語っている。ただし、中村が大岡を呼び捨てにしていたことは私自身、証言できるが、大岡が中村を呼び捨てにしていたかどうか、私の記憶の範囲では確証できない。大岡は一九二二年生まれの那珂太郎を呼ぶときには「那珂さん」である。二七年生まれの辻井喬については呼び捨てで、これは粟津に対するのと同じだから、中村に対してもそうであったかもしれない。

以上の事実から、旧制高校で寮生活を共有したことのあるもの、あるいはそれに準ずるものは互いに呼び捨てにしていいという風潮のようなものがあったと推測できる。中村も粟津も大岡も、同じ風潮のなかにあったことは確実である。

粟津は高橋英夫を「あなた」と呼び、「高橋君」と呼んでいる。秋山駿を「あなた」と呼び、「秋山さん」と呼んでいる。吉本隆明に対してだけは一貫して「吉本さん」である。この呼称が距離感に基づくことは疑いを入れない。そしてその距離感のなかで旧制高校的なものがきわめて重要な役割を果たしていることもまた疑いを入れない。高橋英夫は大岡の一歳年上だが、早生まれの清水徹と学年としては同じである。大岡が早生まれのうえに四修で旧制一高に入ったために年齢的には二歳年上と同学年になった経緯は冒頭に述べた。粟津は、おそらく無意識のうちに、新制大学に進むことになった高橋、清水に対しては「くん」を用いる心情になっていたのだろう。秋山は早稲田であり、吉本は三歳年上であるうえに東工大である。多少の距離があったのである。

栗津は旧制三高を出て東大仏文に進んだ。川村は旧制八高——現在の名古屋大学——を出て東大独文に進んだ。先にも述べたように川村は一歳年下だが、早生まれなので同学年である。栗津が川村を呼び捨てにしたのは、無意識のうちに旧制高校の流儀にしたがっていたのだとしか思えない。つまり、中村や大岡に対するのと同じ親密な態度をとったのである。だが、川村にはそれが心外だったのだ。旧制一高、旧制三高と、旧制八高の気風に、あるいは何らかの違いがあったのかもしれない。川村は陸軍の高級将校だった父の任地にしたがって転校を繰り返している。つまり同じ土地に馴染まなかったわけだが、そのことも関係しているかもしれない。私にはわからない。けれど、栗津と川村のこの行き違いにきわめて興味深い文化史的背景が関与していることだけは事実である。

栗津が、川村というやや狷介なマーラー好きのドイツ文学者に対して、好意以外の何ものももっていなかったことは確実である。つまり、呼び捨てにしたのは親しみからであって、さらに言えば旧制高校生ふうの同志的感情からであって、それ以外ではなかったと、私は思う。それをそうは思わなかった川村が、私には理解できなかった。それがひとつである。だが同時に、呼び捨てというかたちで表明される好意は、人によっては迷惑として受け取られるだろうということもまた、理解できた。率直はしばしば馴れ馴れしさに感じられる。気心の知れない相手に同志呼ばわりされるのは迷惑だ。川村の場合はそうであったのだ。それもまた理解できたのである。

先に述べたように、栗津は、自分たちが企画した講演会に小林を呼んだとき、小林が講演後の座談で学生たちに「おめえたちは今度の戦争でたいへん複雑になったんだよ。この複雑さを大事にしろ」と語り、志賀直哉について「あれはおめえ、無知蒙昧なんだよ」と語ったという事実を伝えている。大岡は、田村が、目を鍛えるには一代、舌を鍛えるには三代かかると言い、だからこそおれは目を取るんだと叫んだという事実を伝えている。この流儀は、たとえば私には好ましいものに思える。だがしかし、それを好ましいものとして受け取る範囲は必ずしも広くないのではないか。

川村が粟津に示した反応は、そういうことを考えさせずにおかない。つまり、世の中には、小林の「あれはおめえ、無知蒙昧なんだよ」と語るその語り口そのものに反発する人間もいるかもしれないのだ。確かに志賀直哉の本質を衝いている。志賀は外国語ができなかった、だから才能が広がらなかった、にもかかわらず才能そのものが凄かったからいままで保ったというのは、確かに人を納得させはする。だが、そのために「あれはおめえ、無知蒙昧なんだよ」と言う必要があるだろうか。そういう口調で語るべきだろうか。

川村が小林を嫌い、保田与重郎を好んだことは周知の事実である。粟津に対する川村の反応には、小林のそういう語り口そのものへの反発が潜んでいたかもしれない。旧制高校のもつある種のエリート意識、仲間意識に対する批判が潜んでいたと考えるべきかもしれないのである。保田は小林の八歳年下で一九一〇年生まれ。三四年、大阪高校から東大へ進んだ。あるいはここには、旧制一高、旧制三高と、旧制八高、大阪高校との気風の違いのようなものが潜んでいるのかもしれない。私にはわからない。

些細なように見えても、気風は思想の形成、文体の形成に少なからず大きな役割を果たす。以上の指摘が無意味であるとは思わない。だが、ここでどうしても指摘しておきたかったのは、じつは、そのことではない。少なくともそのことだけではない。むしろ、そういった差異がわかるような文化がもはや無くなりつつあるということなのだ。微妙な差異が重要になるそういう旧制高校ふうのある種の文化的伝統が、いまや消え去りつつある、いや、ほとんどもう消え去ったも同然であることに気づいて、愕然としているということなのだ。それが冒頭に述べた歳月の重さの意味である。

一九七〇年代から八〇年代にかけて、村上龍が登場し村上春樹が登場する。島田雅彦が登場しよしもとばななが登場する。以後、こういった思想の語り方、内面の吐露の仕方というのは、徐々に消えていったという気がする。それからすでに三十年を越える。消えて当然ということかもしれない。たとえばそこでは女性の果たす役割など無きに等しかった。たかだか母の役割が云々される程度だったのである。消えるのも自然というほかない。

だが同時に、そこには否定しがたく強い、物を考えるひとつの流儀、物を書くためのひとつの流儀があったことも事実なのだ。粟津則雄対談集を読んでいると、消えつつあるその火の最後の燃え盛りを見ているような気がする。

この対談集はいまや歴史的文献なのである。

●初出一覧

美術と文学（対談者：高橋英夫）	「新刊展望」1988年12月号
小林秀雄に学ぶ（対談者：秋山駿）	「致知」2001年10月号
現実と詩の創造（対談者：吉本隆明）	「現代詩手帖」1969年3月号
戦後詩とは何か（対談者：大岡信）	「國文学」1971年10月号
言語と想像力の危機（対談者：渋沢孝輔）	「現代詩手帖」1972年1月号
詩の空間を開く（対談者：大岡信）	「現代詩手帖」1982年7月号
詩のはじまる場所（対談者：中村稔）	安東次男『連句の読み方』（2000年7月、思潮社刊）
感性の源流に遡って（対談者：清水徹）	「現代詩手帖」2006年7月号

●著者略歴

栗津則雄（あわづ・のりお）
1927年、愛知県に生まれる。1952年、東京大学仏文科卒。学習院大学、明治大学、東京大学、法政大学などで教える。現在、法政大学名誉教授。いわき市立草野心平記念文学館館長。フランス文学に関する翻訳、評論のほか、内外の文学、絵画、音楽について数多くの評論を書く。
主な著書──『ルドン』（1966年、のち八四年に増補新版、美術出版社）、『詩の空間』『詩人たち』（1969年、ともに思潮社、藤村記念歴程賞）、『少年ランボオ』（1977年、思潮社）、『小林秀雄論』（1981年、中央公論社）、『正岡子規』（1982年、朝日新聞社、亀井勝一郎賞）、『眼とかたち』（1988年、未來社）、『ダンテ　地獄篇精読』（1988年、筑摩書房）、『聖性の絵画』（1989年、日本文芸社）、『幻視と造形』（1991年、未來社）、『自画像は語る』（1993年、新潮社）、『精神の対位法』（1994年、日本文芸社）、『日本美術の光と影』（1998年、生活の友社）、『日本人のことば』（2007年、集英社）、『粟津則雄著作集』（全七巻、2006-09年、思潮社、日本芸術院賞、鮎川信夫賞特別賞）、『私の空想美術館』（2010年、生活の友社）、『見者ランボー』（2010年、思潮社）、『畏怖について　など』（2012年、思潮社）他。
主な訳書──『ランボオ全詩』（1988年、思潮社）、ヴァレリー『テスト氏』（1990年、福武書店）、M・ブランショ『来るべき書物』（1989年、筑摩書房）、アルトー『ヴァン・ゴッホ』（1997年、筑摩書房）他。

[転換期を読む 18]
ことばへの凝視 粟津則雄対談集

2013年7月16日　初版第一刷発行

本体2400円＋税――――定価

粟津則雄――――著者

西谷能英――――発行者

株式会社　未來社――――発行所

東京都文京区小石川3－7－2
振替 00170-3-87385
電話(03)3814-5521
http://www.miraisha.co.jp/
Email:info@miraisha.co.jp

萩原印刷――――印刷

ISBN 978-4-624-93438-5 C0392

8 当世流行劇場——18世紀ヴェネツィア、絢爛たるバロック・オペラ制作のてんやわんやの舞台裏
ベネデット・マルチェッロ著◉小田切慎平・小野里香織訳◉一八〇〇円

9 〔新版〕澱河歌の周辺
安東次男著◉粟津則雄解説◉二八〇〇円

10 信仰と科学
アレクサンドル・ボグダーノフ著◉佐藤正則訳・解説◉二二〇〇円

11 ヴィーコの哲学
ベネデット・クローチェ著◉上村忠男編訳・解説◉二〇〇〇円

12 ホッブズの弁明／異端
トマス・ホッブズ著◉水田洋編訳・解説◉一八〇〇円

13 イギリス革命講義——クロムウェルの共和国
トマス・ヒル・グリーン著◉田中浩・佐野正子訳◉二二〇〇円

14 南欧怪談三題
ランペドゥーザ、A・フランス、メリメ著◉西本晃二編訳・解説◉一八〇〇円

15 音楽の詩学
イーゴリ・ストラヴィンスキー著◉笠羽映子訳・解説◉一八〇〇円

16 私の人生の年代記　ストラヴィンスキー自伝
イーゴリ・ストラヴィンスキー著◉笠羽映子訳・解説◉二二〇〇円

17　教育の人間学的考察【増補改訂版】
マルティヌス・J・ランゲフェルト著◉和田修二訳／皇紀夫解説◉二八〇〇円

18　ことばへの凝視――粟津則雄対談集
粟津則雄◉三浦雅士解説◉二四〇〇円

19　宿命
萩原朔太郎著◉粟津則雄解説◉二〇〇〇円

本書の関連書

粟津則雄著『ことばと精神――粟津則雄講演集』二四〇〇円
粟津則雄著『眼とかたち』二五〇〇円
粟津則雄著『幻視と造形』三八〇〇円
鈴村和成著『書簡で読むアフリカのランボー』二四〇〇円
西郷信綱・廣末保・安東次男編『日本詞華集』六八〇〇円